B

COLLECTION DE
ROMANS POPULAIRES

L'HÉRITAGE DE SANS-PATIENCE

5. Rue Bayard. PARIS

ROMANS POPULAIRES A 20 CENTIMES

L'Héritage de Sans-Patience

Un raid aérien transatlantique

PAR

Abel SIBRÉS

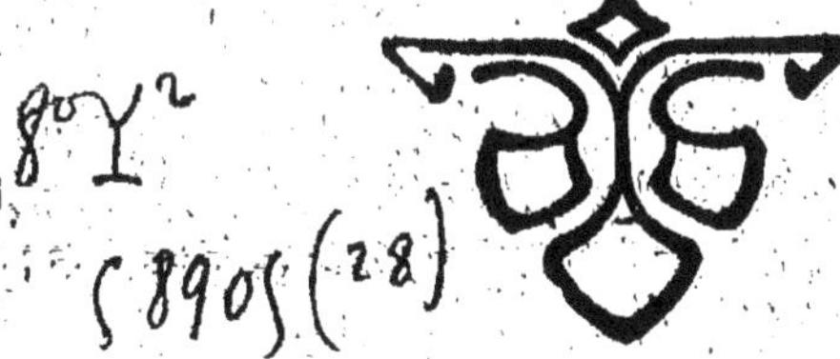

PARIS, 5, rue Bayard, PARIS

UN RAID AÉRIEN TRANSATLANTIQUE

L'héritage de Sans-Patience

PREMIÈRE PARTIE

LE TESTAMENT DE L'ONCLE RÉGNIER

I

UN TESTAMENT ORIGINAL

En son étude de la rue Mazel, Mᵉ Hanriot, notaire à Verdun (Meuse), compulsait un dossier quand, après avoir frappé, son premier clerc entra et prononça :

— M. Jules Régnier.

— Faites entrer ! dit Mᵉ Hanriot avec une certaine vivacité.

Le clerc s'inclina, disparut et presque aussitôt revint, précédant le visiteur devant lequel il s'effaça. Puis, saluant de nouveau, il sortit en refermant discrètement la porte derrière lui.

Jules Régnier était un homme de taille moyenne, ramassé et trapu, qui pouvait avoir de trente à trente-cinq ans. Ses gestes étaient énergiques et rares. Sa physionomie semblait rébarbative, quoique ses traits fussent assez réguliers. Il avait des yeux bruns, expressifs, dont les sourcils touffus se rejoignaient presque au milieu du front. Sous ses moustaches tombantes, il portait une barbe noire très courte. Les mâchoires étaient fortes, et les pommettes saillaient un peu. Le front, assez large, était plissé de rides obstinées.

Cet homme ne devait manquer ni de caractère, ni d'intelligence, ni même de générosité, mais tout en lui indiquait un violent, entêté et hargneux. Du reste, on lui donnait à Verdun le surnom caractéristique de « Sans-Patience ».

Mᵉ Hanriot fit quelques pas au-devant de lui, lui tendit courtoisement la main et approcha un fauteuil. Puis il s'assit à son tour.

— Monsieur Régnier, commença-t-il, j'ai reçu de mon collègue américain, Jonathan Redwards, sollicitor à Philadelphie, avenue Girard, 42, la traduction du testament d'un de ses clients, Lucien Régnier.....

— Mon oncle ! s'écria Jules Régnier.

— J'allais le dire..... Lucien Régnier, votre oncle, décédé dans cette ville, en son hôtel de Market-Street, le 5 septembre dernier. Je suis chargé de vous donner connaissance de ce testament.

Et méthodiquement, Mᵉ Hanriot [illegible] dossier, en tira un pli, duquel il se mit à extraire avec [illegible] une feuille manuscrite dont il commença à donner lecture, [illegible] pris la précaution d'assurer sur son nez notarial des besicles à branches d'or.

Encore que ces préparatifs eussent été relativement courts, la figure de Jules Régnier [illegible] ses poings se serrèrent. Visiblement, il s'impatientait. Pourtant, il se fit une violence, qui devait être méritoire, pour ne pas se laisser aller à son naturel emporté. Il n'ouvrit pas la bouche : peut-être avait-il peur d'en trop dire.

[illegible] Mᵉ Hanriot commença :

« Moi, Lucien Régnier, [illegible] mois, [illegible] de corps et d'esprit, je crois devoir prendre [illegible] mes dernières dispositions pour le legs de ma fortune.

Je ne suis pas marié ; pour toute famille, je n'avais qu'un [illegible]

Il est mort il y a cinq ans. Je n'ai pas eu d'amis. Mon seul héritier naturel est donc le fils unique de mon frère, Jules Régnier, qui n'a jamais quitté Verdun, où il doit être encore en ce moment. C'est donc à lui que je lègue tous mes biens, comprenant mon hôtel de Market-Street, à Philadelphie, plusieurs maisons de rapport sises en la même ville, mes propriétés situées dans l'Ouest, dans les environs de Sacramento, ainsi que ma fortune liquide, consistant en valeurs diverses et numéraire, le tout déposé en des banques de New-York, Philadelphie, San-Francisco et Paris, et dont on trouvera le détail en l'étude de Jonathan Redwards, mon avoué. Le tout s'élève à environ 6 millions de dollars.....

— Oh ! fit comme malgré lui Jules Régnier.

..... lesquels, continua imperturbablement Me Hanriot, lesquels reviendront après ma mort en toute propriété à mon neveu, Jules Régnier, après toutefois que celui-ci aura satisfait aux deux conditions qui vont suivre.

Ledit Jules Régnier, dit Sans-Patience, laissa échapper un juron que le digne tabellion n'eut pas l'air d'entendre, car il poursuivit ainsi sa lecture :

Mon neveu est travailleur, énergique, franc — trop franc, — généreux et même bon à ses heures. Mais il a deux grands défauts. J'ai été à même de le juger ainsi lors de la visite que je l'avais prié de me faire l'an dernier en lui envoyant un chèque de 2 000 dollars pour les frais. Il manque d'abord absolument de patience, et son humeur hargneuse est telle que jamais il n'a pu avoir d'amis. Il est incapable de supporter sans se mettre dans des colères folles la moindre contrariété ni la moindre contradiction. Il est heureux pour lui que son père lui ait laissé 1 000 dollars de rente — dont il a la sagesse de se contenter, — car son exécrable caractère ne lui aurait certainement pas permis de gagner sa vie chez les autres.

De plus, au point de vue idées, mon neveu n'est pas moderne pour un sou. C'est un tardigrade. Il en est resté aux trains qui font 20 milles à l'heure et aux bateaux qui filent 12 nœuds ; comme autre moyen de locomotion, il ne connaît que le cheval, monté ou attelé, se refuse énergiquement à connaître l'automobile, et n'a même jamais voulu entendre parler de la bicyclette. Je soupçonne que ces inconcevables et peu intelligents préjugés lui ont été dictés par un caprice de son humeur entêtée, transformé en parti pris.

Quoi qu'il en soit, Jules Régnier est à présent l'unique rejeton de notre famille. Or, je ne veux pas que le nom des Régnier s'éteigne, ce qui arriverait inévitablement si mon neveu conserve son intraitable caractère, lequel l'empêchera toujours de trouver une épouse susceptible de s'accommoder de son humeur de dogue....

Ici, Mᵉ Hanriot ne put s'empêcher de jeter un coup d'œil inquiet sur son client. Le teint de Sans-Patience était devenu violet et ses poings se crispaient convulsivement. Pourtant, il ne dit pas un mot. Le notaire continua donc :

Pour que le nom des Régnier ne s'éteigne pas — ce à quoi je tiens essentiellement, — il faut donc que Jules se marie, et, pour qu'il puisse se marier, il est indispensable qu'il change de caractère. C'est pourquoi je crois devoir lui imposer les conditions suivantes :

Mon neveu sera mis en possession de ma fortune dans un délai de six mois à dater du jour où les termes du présent testament lui auront été communiqués en personne par les soins de Mᵉ Hanriot, notaire à Verdun, qui recevra en temps utile copie dudit testament. Dans ce délai, il devra se rendre en personne à Philadelphie, où Mr Jonathan Redwards, mon homme de loi, lui remettra tous les titres le rendant possesseur de mon héritage. *Mais pour se rendre de Verdun à Philadelphie, il ne pourra se servir d'aucun navire.* Je lui laisse toute latitude de choisir le véhicule qu'il voudra pour traverser l'Atlantique, à condition que ce ne soit pas un bateau qui aille sur l'eau. Toutefois, il pourra se servir d'un bateau pour traverser le détroit de Behring; ce qui revient à dire que je le laisse libre, pour effectuer ce voyage, de prendre l'itinéraire terrestre qui consiste à traverser l'Europe et l'Asie, et à aborder l'Amérique par l'Alaska, dans les environs du cercle polaire. Dans tous les cas, il ne devra pas mettre plus de six mois pour faire le voyage.

De plus, dans ce même délai de six mois, mon neveu devra s'être fait un ami d'un homme qui, par sympathie sincère et véritable, tous moyens de violence ou de récompense écartés, consentira à effectuer avec lui le voyage, quel qu'il soit.

Si ces conditions, ou l'une d'entre elles seulement, sont inexécutées, ma fortune sera distribuée par part égale aux hôpitaux de Philadelphie et de Paris.

Mon neveu est naturellement libre d'accepter ou de refuser mon héritage offert sous ces conditions. S'il est désireux de tenter l'épreuve, je m'en rapporte à sa loyauté, que je connais et en laquelle j'ai confiance, pour mettre à même Mes Hanriot et Redwards d'en contrôler la correction et la sincérité par des preuves indiscutables. En ce cas, une somme de 40 000 dollars sera mise tout de suite à sa disposition pour les frais de son voyage, quel qu'il soit. Il devra naturellement fournir à qui de droit un détail rigoureux de l'emploi de cette somme.

Fait à Philadelphie, le 15 avril 1912.

Signé : LUCIEN RÉGNIER.

Me Hanriot replia soigneusement la feuille, la réintégra dans le pli qui prit place à son tour dans le dossier. Puis, faisant faire à son fauteuil un quart de conversion pour se trouver en face de son visiteur, il dit :

— Tels sont, Monsieur, les termes du testament que j'étais chargé de vous communiquer. Veuillez me faire connaître votre décision.

La tête de Jules Régnier était à peindre. Son visage était empourpré, les yeux lui sortaient de la tête, et ses mains crispées serraient machinalement le vide. A la fin, il éclata :

— Ma décision ? hurla-t-il. Ma décision est que vous alliez tous au diable !.....

Il n'en dit pas davantage. Il se leva brusquement en repoussant son fauteuil qui bascula avec fracas, sauta sur la porte, l'ouvrit avec violence et la referma de même. Et Me Hanriot l'entendit traverser comme un tourbillon le cabinet de son principal clerc et refermer sur lui la porte de la rue qui claqua en faisant trembler la maison.

II

JULES RÉGNIER, DIT « SANS-PATIENCE »

Jules Régnier, dit Sans-Patience, habitait, rue Neuve, une assez confortable maison que lui avaient laissée ses parents. Il en occupait le rez-de-chaussée et une pièce au premier étage. Le reste était inhabité. Car nul parmi les dix infortunés qui avaient eu successivement l'honneur et le désagrément d'avoir Sans-Patience comme propriétaire n'avait tenu plus d'un an.

Cet homme terrible décourageait tous les égards et lassait toutes les patiences. Il aurait épouvanté un héros et lassé la résignation d'un saint. Ce n'était qu'en tremblant que ses locataires apportaient à l'irritable propriétaire le montant de leur terme. Quant ils s'en tenaient là, ils en étaient quittes pour se voir jeter leur reçu à la figure comme on lance un os à un chien. Mais s'ils s'avisaient de faire la moindre observation ou la moindre demande de réparation, leur affaire était claire. La figure de Sans-Patience s'empourprait, ses yeux sortaient de leurs orbites, ses poings se serraient et il bredouillait de colère : il n'y avait alors qu'à prendre la porte au plus vite pour éviter d'être dévoré tout vif. Les locataires s'étaient vite lassés; et Sans-Patience, de son côté, s'était résigné à laisser inoccupés deux appartements de sa maison, bien qu'il y perdit 8 ou 900 francs par an.

Nous savons que Sans-Patience avait perdu ses parents. Depuis qu'il était revenu du régiment — où il avait fait, entre parenthèses, une quinzaine de jours de « rabiot », — il vivait seul. Jamais une servante n'avait pu s'accommoder plus de deux mois de son humeur de dogue. Une femme de ménage venait trois fois par semaine mettre un peu d'ordre dans son intérieur de garçon, et il prenait ses repas au *Coq Hardi*.

Il n'exerçait aucune profession et vivait une existence régulière, à la fois confortable et modeste, grâce à ses 5 000 francs de rente dont il savait judicieusement tirer parti. Ses grandes passions étaient le jardinage et la pêche, bien que ce dernier passe-temps fût pour cette soupe au lait un véritable paradoxe. Et pourtant Sans-Patience était un pêcheur émérite, qu'on voyait rarement revenir bredouille, et qui avait la constance de rester des heures immobile et muet, la gaule à la main, sur les bords de la Meuse canalisée.

Il avait aussi un assez grand jardin de l'autre côté du faubourg Pavé, et un jardinier de profession n'aurait rien eu à reprendre à ses méthodes et à son travail. En été surtout, il y restait des journées entières, toujours seul, son éternelle pipe à la bouche, chaussé de sabots et coiffé d'un jonc de quinze sous.

A Verdun, on rendait justice à la dignité de sa vie et à ses qualités, d'ailleurs réelles, car cette enveloppe de porc-épic toujours hérissé devait cacher un cœur d'or, à en juger par plusieurs anecdotes qu'on se racontait, et où Sans-Patience avait joué le rôle d'un véritable manteau-bleu. Mais, dès qu'on faisait allusion à ces faits, Sans-Patience se hérissait comme un chat en colère, et nul n'avait jamais songé à insister.

Ce qui explique que si on l'estimait, on ne l'aimait pas. Il n'avait pas d'amis, mais seulement quelques camarades, ses partenaires habituels du *Café du Commerce*, où il se rendait régulièrement tous les soirs faire une manille à quatre.

Au moment où nous commençons ce récit, il avait trente-quatre ans, et semblait s'accommoder parfaitement de l'existence de sagesse et de sauvagerie qu'il s'était faite. Etait-il heureux ? Il semblait l'être, voilà tout ce qu'on pouvait dire.

Il était 10 h. 1/2 quand Sans-Patience quitta, de la façon que l'on sait, l'étude de Mᵉ Hanriot. Il était rouge, congestionné et bredouillait des phrases confuses. Il traversa comme un bolide l'étroite rue Mazel, toujours encombrée, et arriva rue Neuve après avoir écrasé la patte d'un chien, bousculé deux dames et renversé un cycliste. Arrivé chez lui, il entra dans sa petite salle à manger, qui donnait sur la Meuse et d'où l'on avait vue sur la place et le pont Beaurepaire, envoya promener à coups de pied trois chaises qui le gênaient, jeta d'un revers de main sur le plancher un service à liqueur qui avait le malheur de se trouver sur le buffet de chêne, puis, les nerfs soulagés par ces exécutions, se laissa tomber dans un fauteuil, alluma sa pipe et se mit à réfléchir.

Il réfléchit jusqu'à 11 h. 1/2, le temps de fumer deux pipes. Puis, d'un pas presque calme, il s'en alla déjeuner au *Coq Hardi*, où, fait extraordinaire, Jean, le garçon de service à la table d'hôte, ne reçut qu'une fois sa serviette à la figure.

Sans-Patience fit ensuite un piquet avec le directeur de l'*Abeille verdunoise*, et perdit sans récriminer son café et celui de son adversaire.

Puis, comme il était 2 heures, il se rendit de nouveau à

l'étude de Mᵉ Hanriot, où les clercs le reçurent en tremblant, demanda le notaire, le trouva dans son cabinet et lui dit ces paroles mémorables :

— Monsieur, vous voudrez bien m'excuser de vous avoir quitté si cavalièrement ce matin. Je viens vous faire connaître ma décision. Vous pouvez faire le nécessaire pour me mettre en possession des 40 000 dollars dont il est parlé à la fin du testament de feu mon oncle. J'accepte l'héritage sous les deux conditions qui me sont imposées. Vous voudrez donc bien prendre note que le délai de six mois qui m'est imparti court à partir d'aujourd'hui, 3 octobre 19[illegible].

— Et pourrait-on savoir ?..... interrogea Mᵉ Hanriot.

Sans-Patience fronça ses terribles sourcils.

— Bien ! bien ! reprit précipitamment le notaire. Je vais donc télégraphier tout de suite à mon collègue de Philadelphie. Je pense être en mesure de vous verser les 40 000 dollars dans une huitaine. En attendant, si vous désirez une avance?.....

— Inutile ! répondit un peu sèchement Sans-Patience. Je ne compte pas partir aujourd'hui. J'ai besoin de réfléchir, n'étant pas encore fixé sur l'itinéraire que j'adopterai. Vous n'aurez donc qu'à [illegible] aussitôt que vous serez en possession des fonds.

Là-dessus, il salua fort courtoisement Mᵉ Hanriot, qui tint à reconduire lui-même son visiteur jusqu'à la porte de la rue. Arrivé sur le trottoir, Sans-Patience serra la main au notaire et s'en alla d'un pas [illegible]. Des passants soutinrent même l'avoir entendu siffloter.....

III

LES DEUX [illegible]

Que s'était-il passé dans l'esprit de Jules [illegible], dit Sans-Patience ? On [illegible] aux suppositions. Cependant, nous qui connaissons [illegible], nous pouvons penser que les motifs qui lui avaient fait accepter l'héritage de son oncle étaient d'ordres divers.

D'abord, même pour un stoïcien bourru et hargneux, la vie finit par n'être pas gaie quand, à trente-quatre ans, on vit toujours seul, sans famille, sans parents, sans amis. De plus, ce n'est pas impunément qu'on dit à un homme, même ne manquant de rien : « Il ne tient qu'à toi d'être à la tête de 80 millions. » Enfin — et peut-être était-ce là le principal motif de son acceptation, — son caractère combatif s'accommodait fort bien du désir de triompher des difficultés suscitées par la volonté de son oncle défunt. Et puis, cette aventure, en le sortant de son milieu et de ses habitudes, le distrairait un peu.

Telles durent être les raisons de Sans-Patience, raisons, répétons-le, qu'on est réduit à supposer, le personnage étant, comme on le sait, fort peu communicatif de son naturel.

Celui qui, l'après-midi du mardi 3 octobre [illegible], aurait assisté à sa rentrée chez lui, l'aurait vu s'installer dans ce fauteuil de la salle à manger que nous connaissons, et fumer pipe sur pipe en réfléchissant.

Le testament comportait deux conditions bien distinctes à remplir. Ce fut à la seconde — celle qui consistait à se faire un ami dans le délai de six mois — que Sans-Patience pensa tout d'abord, comme à la plus difficile.

Il y songea le temps de [illegible] parmi ses relations [illegible] recommandable qui, le connaissant, pouvait devenir son ami, ainsi que le compagnon volontaire d'un voyage qui pouvait être très court comme il pouvait être fort long, et, dans tous les cas, dangereux. Puis, las de remuer sans succès les idées les plus contradictoires, Sans-Patience finit par se dire que le meilleur était, en cette occasion, de s'en rapporter au hasard. Il allait être obligé sans nul doute de sortir de son milieu, de voyager, de fréquenter bien du monde ; mieux valait, dans ces conditions, laisser aux circonstances le soin de lui trouver le Pylade [illegible] de cet Oreste peu [illegible].

Il décida, d'abord, la grande question du voyage.

[illegible] Philadelphie, [illegible]

Sans-Patience avait fait des études assez complètes, bien que son exécrable caractère eût été, en son temps, un obstacle insurmontable à l'obtention du moindre bachot. La géographie, notamment, lui avait toujours plu. Il voyait donc de tête, si l'on peut dire, cet itinéraire qui représentait presque le tour du monde, la largeur de l'Atlantique en moins. Il avait, en somme, à traverser toute l'Europe, toute l'Asie et toute l'Amérique du Nord. Ce voyage ne devait pas être impraticable.

Pour traverser l'Europe de l'Ouest à l'Est, il avait l'Express-Orient et pour traverser l'Asie le Transsibérien. Il est vrai qu'il fallait quitter le Transsibérien quelque part dans les environs d'Irkoust ou du Baïkal, pour, de là, s'élever vers le Nord-Est par des moyens de locomotion infiniment moins rapides, à cheval ou en traîneau. C'était approximativement, à son estime, 2 500 kilomètres à faire dans cette partie de la Sibérie septentrionale, au milieu de vastes solitudes et sous un climat glacial, puisqu'il devait approcher d'assez près le cercle polaire pour pouvoir atteindre le détroit de Behring. Puis, celui-ci franchi — peut-être en traîneau, sur la mer gelée, — c'était l'Alaska, désertique et glacé, lui aussi ; enfin, après l'escalade des premiers contreforts des Montagnes Rocheuses, encore des centaines de kilomètres à faire dans les solitudes canadiennes avant de pouvoir aborder par le Nord les Etats-Unis. Une fois là, par exemple, ce n'était plus qu'un jeu de gagner Philadelphie par chemin de fer.

C'était un voyage peu rapide, très rude et peut-être dangereux, mais nullement impossible à effectuer avec de l'organisation, de l'endurance et du courage.

Mais il s'agissait d'affronter, pendant des mois, la rude température polaire, et Sans-Patience était presque aussi frileux que hargneux, ce qui n'était pas peu dire. Et puis, un calcul rudimentaire lui permit de se rendre compte qu'il avait au moins 5 000 kilomètres à faire sans autre moyen de locomotion que ses jambes ou celles d'animaux de trait. Des préparatifs sérieux étaient en outre nécessaires, car on ne peut s'aventurer sans précautions en ces contrées désertes et glacées.

Tout cela demanderait du temps et n'irait pas sans aléas, car il serait obligé de partir en plein hiver, à l'époque des froids les plus rigoureux, qui peut-être l'obligeraient à s'arrêter en route. Et pour effectuer un pareil voyage, le délai de six mois paraissait un peu court à Sans-Patience.

Restait l'autre itinéraire : franchir l'Atlantique, mais sans le secours d'aucun bateau. De bateaux « qui vont sur l'eau », l'oncle défunt ne voulait pas entendre parler. Il faudrait donc traverser ce vaste océan, sur une largeur de 5 720 kilomètres, en ballon ou..... en aéroplane.

La première fois que cette idée lui vint, Sans-Patience se haussa les épaules à lui-même. Outre qu'il éprouvait une invincible répugnance à l'idée d'avoir recours à ces engins modernes de locomotion, il savait que, quels que soient les progrès faits ces dernières années par la science de l'aéronautique, elle était encore dans l'enfance, et que tout ce qu'on avait pu traverser jusqu'alors en fait de mer, tant en ballon qu'en aéroplane, c'était la Manche. Car il ne fallait pas compter pour valables les audacieuses tentatives de l'infortuné lieutenant Bague audessus de la Méditerranée. Or, la Manche a 40 kilomètres de largeur, et, entre Le Havre et New-York, l'Atlantique mesure dans le même sens 1 430 lieues, c'est-à-dire exactement 5 680 kilomètres de plus. Les chiffres étaient tellement éloquents qu'ils condamnaient l'idée même d'une tentative de ce genre.

Pourtant, Sans-Patience était ainsi fait qu'entre deux projets, l'un qui était réalisable, quoique difficile, et l'autre qui semblait impraticable, il se sentait invinciblement porté à choisir celui qui paraissait impossible. Peu à peu, ses préventions contre le deuxième itinéraire firent place à des hésitations qui, elles aussi, ne tardèrent pas à disparaître. Et il fuma trois pipes en remuant cette idée : « C'est impossible, donc je dois le faire. »

Le résultat de ses méditations fut qu'il alla dîner de bonne heure, qu'il se coucha de même, et que le lendemain matin il prit le train de 7 h. 29 qui l'amena à Paris.

Sans-Patience venait d'ouvrir l'ère de ses aventures.

IV

A LA RECHERCHE D'UN INVENTEUR

A Paris, Sans-Patience sentit la nécessité de mettre un frein à son caractère de soupe au lait. De fait, il eut bien de-ci de-là quelques altercations avec des garçons de restaurant ou des cochers, mais comme, dans l'espace de huit jours, il ne fut emmené que trois fois au poste pour « s'expliquer », on peut penser que ce fut dans la capitale qu'il commença à s'amender.

Il passa son temps à courir chez les ingénieurs-conseil qui s'occupent de la prise de brevets d'invention, puis dans les bureaux des journaux scientifiques ou autres qui peuvent être à même de connaître les nouveautés du jour dans le domaine de la mécanique appliquée, et enfin dans les milieux fréquentés par les aviateurs et les constructeurs en renom.

Comme il déclarait à tous et partout qu'il était à la recherche d'un inventeur ayant une conception à la fois nouvelle et pratique de l'aviation, il reçut bientôt une avalanche de lettres et un torrent de visites à l'hôtel de l'avenue de [illegible] où il était descendu.

Sans-Patience [illegible] de recevoir ainsi vingt-cinq inventeurs, et celle, plus méritoire encore, de [illegible] jusqu'au bout. Tous devaient naturellement bouleverser le monde avec leurs conceptions respectives. Sans-Patience jugea tout de suite qu'ils n'avaient réussi qu'à bouleverser leur propre cerveau [illegible] l'utopie.

Ce fut le vingt-sixième qui « [illegible] » pour les autres. Son système avait au moins le mérite de l'originalité. Il consistait en un appareil [illegible] à un grand cerf-volant cloisonné [illegible] [illegible] vitesse [illegible] lancé du choc [illegible] aussitôt, projetant l'appareil [illegible]

L'infortuné inventeur eut le grand tort de ne pas se munir de ses « ressorts amortisseurs et de lancement », ainsi qu'il les appelait, car Sans-Patience, le prenant par le bras, oublia, en le congédiant avec une certaine brusquerie, que sa chambre était au troisième. L'inventeur aux ressorts descendit donc sur ses reins jusqu'à l'entresol. Il ne demanda d'ailleurs pas son reste, et, aussitôt relevé, il s'enfuit épouvanté.

Pourtant, un inventeur se présenta encore, et ce fut le bon. Mais Sans-Patience faillit le « manquer » grâce à son détestable caractère, redevenu d'autant plus hargneux qu'il s'était fait violence depuis quelque temps pour contenir ses emportements. L'épisode vaut la peine d'être conté.

Le huitième jour de son voyage, Sans-Patience se trouvait dans sa chambre où il venait de remonter après déjeuner afin de réfléchir. Il était en train de se demander s'il ne devait pas faire sa malle [illegible] afin d'y préparer son voyage par l'itinéraire terrestre quand on frappa à sa porte, et un homme entra, assez grand, le visage pâle, le front intelligent, l'air doux et modeste et mis très simplement. Il se présenta sous le nom d'Antoine Dubois, ingénieur.

— Monsieur, dit-il ensuite, on m'a rapporté que vous cherchiez un inventeur ayant réalisé des perfectionnements applicables aux aéroplanes. Puis-je [illegible] perfectionnements il s'agit ?

— De perfectionnements tels, Monsieur, qu'ils puissent me permettre de couvrir une distance de près de 6 000 kilomètres sans me ravitailler.

Antoine Dubois ne parut pas étonné.

— De sorte, dit-il, que ce qui vous intéresse le plus, c'est la question du moteur ?

— Principalement, oui. Toutefois, je désirerais pouvoir disposer d'un appareil aussi parfait que possible à tous les autres points de vue.

— C'est tout naturel, et je crois la chose réalisable. A part le [illegible], les appareils actuels pèchent surtout sur deux points : la fragilité relative des ailes et l'équilibre. La [illegible] des ailes [illegible] aux monoplans. Mais [illegible] genre d'appareil, quoique moins sûr, est plus vite et plus maniable que l'autre, c'est évidemment celui de l'avenir, et, comme tel, on doit tendre à le perfectionner de plus en plus. Sous ce rapport, j'ai dessiné une nouvelle forme de monoplan avec ailes métalliques extrêmement robustes, et qui, de plus, réalise le problème de l'équilibre automatique dans les deux sens. Malheureusement, je n'ai pas eu jusqu'ici le moyen de faire construire un appareil d'essai.

— Qu'à cela ne tienne, dit Sans-Patience, impressionné par le ton d'assurance modeste de son interlocuteur, qui lui était décidément sympathique. Nous aviserons quant à ce détail. Mais voudriez-vous me parler de la question moteur ?

— J'y arrive, Monsieur. Je me suis passionné depuis longtemps déjà pour cette question des moteurs à explosions. Si perfectionnés qu'ils soient, il existe encore de nombreuses causes de déperditions de force provenant, soit de l'utilisation imparfaite de l'énergie employée, soit de la perte de calories. Je crois avoir réalisé un perfectionnement important en créant le moteur à explosions *rotatif*, dont le mouvement est originellement circulaire, et avec lequel je réalise une consommation de carburant inférieure de plus de moitié à celle des moteurs actuels de force égale.

— A combien reviendraient ensemble votre nouveau moteur et votre nouveau type d'aéroplane ?

— Dans les 30 000 francs.

— Et que vous faudrait-il de temps pour les faire construire ?

— Environ un mois.

— Etes-vous sûr de vous ?

— Pour l'aéroplane, oui. Là, le calcul est tout, et il n'est pour ainsi dire pas besoin d'essai. En ce qui concerne le moteur, il y a beaucoup de détails à voir, et il serait peut-être prudent de prévoir des tâtonnements.

— Pour une randonnée de 6 000 kilomètres, combien faudrait-il emporter d'essence ?

— Environ 600 litres, avec mon appareil et mon moteur à consommation réduite. Plus 100 kilos d'huile.

— Pouvez-vous voir tout de suite combien il vous faudrait de surface portante pour emporter cet approvisionnement d'huile et de carburant, augmenté du poids de l'appareil lui-même et de deux passagers ?

Antoine Dubois fit de tête un rapide calcul et répondit :

— Un peu plus de 70 mètres carrés.

— N'en résultera-t-il point une envergure exagérée ?

— C'est une question de proportions. A vue de nez, l'envergure serait de 16 à 18 mètres. L'on n'est certes pas encore habitué à de pareilles dimensions ; mais je suis persuadé qu'on y viendra.

— Quelle force aurait votre moteur ?

— 40 chevaux seulement.

— Et la vitesse ?

— 150 kilomètres à l'heure par temps calme.

C'est ici que se produisit l'incident qui gâta tout.

— Et vous n'êtes pas sûr de pouvoir mettre d'emblée votre moteur au point ? demanda Sans-Patience.

— Non ! répondit franchement Antoine Dubois. Il me faudra au moins deux mois pour avoir toute sécurité à ce sujet. Mais il m'est venu une idée. Si, comme je le pense, il s'agit de traverser l'Atlantique.....

— Qu'est-ce que vous dites ? s'écria Sans-Patience, déjà tout hérissé.

— Mais, répondit l'autre, interloqué, je supposais que.....

— Vous supposiez ! vous supposiez !..... Qu'est-ce qui vous parle de supposer ? Vous n'êtes pas ici pour supposer, Monsieur !

— Je croyais.....

— Quoi ? rugit Sans-Patience dans un véritable hurlement, et en se levant d'un bond, les poings serrés.

Et sa voix était si rauque, ses yeux si désorbités, sa figure si terrible, que le pauvre ingénieur crut de bonne foi avoir affaire à un fou furieux.

Affolé, épouvanté, il se leva et s'enfuit sans en demander davantage, oubliant son chapeau et sa canne. Et Sans-Patience l'entendit descendre les étages comme un tourbillon.

L'accès de colère de notre héros était déjà passé. Il se précipita dans l'escalier à la poursuite de son épouvanté visiteur, dans l'intention louable de lui faire les plus plates excuses, afin de pouvoir reprendre une conversation qui l'intéressait fort. Mais lorsqu'il arriva en trombe à la porte d'entrée de l'immeuble, il ne vit dans l'avenue aucune silhouette ressemblant à celle d'Antoine Dubois.

— Allons, murmura-t-il en remontant mélancoliquement ses trois étages ; mon oncle avait décidément raison. Ce satané caractère finira par me jouer un mauvais tour. Il faut que je me décide à changer.....

V

DANS LEQUEL SANS-PATIENCE JOUE AU TERRE-NEUVE

De quelle humeur était Sans-Patience quand il eut réintégré sa chambre, nous le laissons à penser.

D'autant plus qu'il se permit de jeter un coup d'œil sur un rouleau de papiers qu'Antoine Dubois avait déposé sur la table en arrivant, et qu'il avait également oublié dans le désarroi de sa fuite.

Ces papiers consistaient en différentes épures que Sans-Patience examina en connaisseur. Car, nous l'avons dit, si, par parti pris, il n'avait jusqu'ici consenti à utiliser aucun moyen de locomotion moderne, il n'en avait pas moins étudié le fonctionnement avec un instinct très sûr. L'examen qu'il fit des épures d'Antoine Dubois le convainquit tout de suite qu'il avait eu affaire à un inventeur sérieux. La nouvelle forme du monoplan surtout, très hardie et très rationnelle à la fois, lui fit concevoir une véritable admiration pour son créateur. Si quelqu'un pouvait lui fournir un oiseau mécanique capable d'effectuer un trajet de 1 500 lieues, ce devait être l'ingénieur.

Mais où le retrouver ? Sans-Patience ne savait que son nom ; il ne possédait pas son adresse. Chercher un ingénieur à Paris avec son nom pour tout renseignement, c'est vouloir retrouver une aiguille dans un grenier à foin.

Aussi, quand, vers 6 heures, un garçon vint demander à notre héros si Monsieur dînait à l'hôtel, fut-il reçu par un

« Allez au diable! » furibond qui le fit rétrograder avec rapidité.

De rage, Sans-Patience finit par se jeter tout habillé sur son lit. Puis, au bout d'une heure, il se leva, mit son pardessus et son chapeau et sortit pour calmer ses nerfs par une petite promenade dans Paris.

Il descendit l'avenue de la Bourdonnais et se mit à suivre la Seine le long du quai d'Orsay. Comme, avant de traverser le fleuve, il s'était accoudé un instant sur le parapet du pont de l'Alma, il eut comme la vision rapide d'une ombre traversant l'espace non loin de lui, vision bientôt suivie du bruit caractéristique d'un corps qui plonge dans l'eau avec violence.

Sans-Patience jugea immédiatement qu'un bain froid serait excellent pour combattre son énervement. Se dépouillant en hâte de son pardessus et de son veston, il plongea à son tour du haut du parapet, sans s'inquiéter des cris que poussaient autour de lui les badauds vite assemblés.

La nuit d'octobre était assez noire, mais les lumières du pont et des quais répandaient sur le fleuve une clarté suffisante. Sans-Patience plongea deux fois en vain. Mais, la troisième fois, il fut assez heureux pour ramener le noyé hors de l'eau. Tous deux furent bientôt recueillis par une barque montée par deux agents. Le noyé, d'ailleurs, ou plutôt le faux noyé, n'avait pas eu le temps de perdre connaissance, et quand [illegible] se regardèrent à la clarté des becs de gaz, il y eut deux cris de surprise pareils. Le désespéré que Sans-Patience venait de retirer de l'eau n'était autre, en effet, qu'Antoine Dubois ! Celui-ci balbutia quelques phrases confuses. Mais son sauveteur l'interrompit avec autorité.

— Je ne veux rien entendre, mon cher ami — il disait mon cher ami ! — Et ne me remerciez pas ! C'est peut-être à cause de la [illegible] que je suis que vous avez fait ce plongeon. D'ailleurs, le moment ne se prête pas à une explication. Vous êtes ruisselant et moi aussi. Inutile de risquer une fluxion de poitrine. Allons d'abord nous sécher !

Et sous les yeux ahuris des badauds, Sans-Patience héla un [illegible] qui passait, y fit monter son noyé et s'y engouffra à son tour, [illegible] jeté au cocher l'adresse de son hôtel.

Un quart d'heure plus tard, ils étaient dans la chambre de Sans-Patience, et, grâce à la malle de notre héros, tous deux chaudement pourvus de linge sec et de vêtements idem. Quant à leurs effets mouillés, ils séchaient déjà devant le radiateur.

— A présent, dit Sans-Patience, causons. Tout d'abord, vous allez dîner avec moi.

— C'est que.....

— On n'est pas averti chez vous, peut-être ? Rien de plus simple ; je vais faire prévenir. Votre adresse ?

— Rue de Grenelle, 46.

L'ingénieur rédigea en hâte un court billet qu'un chasseur de l'hôtel reçut mission d'aller porter à son adresse, pendant que le garçon, appelé en même temps, s'occupait de monter dans la chambre un confortable repas pour deux.

VI

L'HISTOIRE D'UN INVENTEUR

Les premiers moments du repas furent silencieux. Mais Sans-Patience remarquait, sans en rien dire, que son convive faisait honneur au dîner en homme qui ne doit pas manger tous les jours à sa faim. Il pensa qu'il devait y avoir là l'histoire d'une de ces misères ignorées et dignes, si nombreuses en ce grand Paris, témoin indifférent de tant de drames obscurs.

— Ça, dit-il, lorsque le premier appétit fut calmé, maintenant, expliquons-nous. Tout d'abord, je vous dois des excuses pour ma conduite de tout à l'heure. Je suis sûr que, par la suite, vous apprendrez à mieux me connaître, et que nous finirons par nous entendre. Pour le moment, qu'il vous suffise de savoir que, sans être au fond plus mauvais qu'un autre, la nature m'a doué d'un caractère détestable qui fait le malheur de ma vie. Il m'est impossible de subir la moindre contrariété sans me mettre instantanément dans un état de colère voisin de la rage. Dès à présent, je suis décidé à faire tout mon possible pour m'amender, mais je crois que ce sera difficile et long. Il est donc bon que vous soyez prévenu. Si, dans le cours de nos entretiens, je suis pris d'une de mes crises de colère, ne vous épouvantez plus et ne vous froissez pas davantage. Ce sera vite passé. Me le promettez-vous ?

Et Antoine Dubois, qui comprenait, promit en souriant.

— Maintenant, reprit Sans-Patience, y aurait-il indiscrétion à vous prier de me parler un peu de vous ?

L'ingénieur n'hésita guère. Il avait l'impression d'avoir affaire à un homme généreux et bon, malgré son enveloppe rugueuse. Et puis, il est des instants dans la vie où pouvoir parler de soi est un soulagement bienfaisant. En quelques mots il raconta donc l'histoire de sa vie.

A vingt-cinq ans, après des études complètes et brillantes, Antoine Dubois s'était trouvé, par suite de la mort de son père, seul dans la vie, sans ressources, avec une sœur de huit ans moins âgée que lui. Il s'était jusque-là trouvé dans une situation aisée, son père ayant une position des plus brillantes comme sous-directeur d'un établissement de crédit. Malheureusement, d'imprudentes spéculations l'avaient ruiné, et ce fut l'émotion éprouvée à la suite de cette ruine soudaine qui le foudroya.

Antoine Dubois puisa dans la fraternelle affection qui l'unissait à sa sœur la force de faire son devoir. Il parvint à trouver un modeste emploi de dessinateur dans une usine, et pendant quatre ans véout avec courage et résignation cette existence obscure et modeste. Mais, l'an dernier, il avait perdu son emploi, et malgré toutes ses démarches, il n'avait pu en trouver un autre. Huit jours par-ci, trois jours par-là, il s'était livré à ces occupations intermittentes que Paris offre aux miséreux ; il s'était fait tour à tour copiste de bandes ou de manuscrits, aide-téléphoniste dans un grand journal, correcteur de thèmes ou de problèmes pour des professeurs. Mais toutes ces occupations étaient aléatoires et sans lendemain, et de plus peu fréquentes.

Il avait employé ses loisirs forcés à travailler la question des aéroplanes et des moteurs à explosions suivant certaines idées qu'il s'était faites, et croyait être arrivé à des résultats intéressants. Mais n'ayant jamais pu, faute d'argent, prendre les brevets nécessaires, il n'avait pas voulu risquer de se voir enlever tout le fruit de ses travaux en se confiant à un commanditaire qui pouvait être sans scrupules.

Le matin même, Antoine Dubois avait entendu parler d'un capitaliste qui cherchait un inventeur sérieux pour le commanditer. Il y avait plus d'un mois qu'il n'avait pas trouvé d'occupation, et, à la maison, la gêne était extrême. L'ingénieur avait compris que les circonstances ne lui permettaient plus d'hésiter, et que le moment était venu de jouer sa dernière carte. De là sa visite à Sans-Patience.

— Ce n'est pas l'effroi, continua Antoine Dubois, quand il en vint à cette phase de son récit, ce n'est pas l'effroi, comme vous auriez pu le croire, mais la déception, une affreuse déception, qui m'a fait m'enfuir. Je venais d'entrevoir le salut, car la façon dont vous m'aviez parlé jusque-là autorisait tous les espoirs, lorsque votre terrible accès de rage, que rien ne semblait motiver, éclata. Ma première et soudaine impression fut — vous me le pardonnerez — que j'avais affaire à un fou, à un monomane d'un genre spécial. Je vis ma dernière espérance s'envoler brutalement, et ce fut un tel coup pour moi que, sans réfléchir, je m'enfuis, pris d'un immense désespoir. J'errai des heures et des heures dans les rues, sans trop savoir ce que je faisais. Il est des moments dans la vie, voyez-vous, où, las d'avoir lutté des mois et des mois contre la misère — la plus déprimante des souffrances, — on manque tout à coup de ressort et d'énergie, et l'on n'aspire plus qu'à la fin de tout. Sans vouloir songer à la pauvre enfant qui n'a plus que moi et qui m'attendait, je me décidai à échapper à la misère en même temps qu'à la vie. Vous savez le reste.....

Sans-Patience, ému plus qu'il ne voulait le paraître par ce simple et douloureux récit, tendit la main à son convive.

— Le moment serait mal choisi, dit-il, pour vous faire la morale. Je suis sûr que vous regrettez déjà votre acte. Et je n'ai pas besoin de vous rappeler, que même seul dans la vie, et sous quelque prétexte que ce soit, on n'a pas le droit d'attenter à ses jours, surtout quand, comme vous, on est le seul soutien d'une sœur. Et puis, Dieu est toujours là.....

Et comme l'ingénieur, confus, baissait la tête sous cette amicale mercuriale :

— N'importe, continua Sans-Patience. Tout est bien qui finit bien. D'ailleurs, c'est un peu moi qui suis la cause de votre plongeon. Je m'en considère comme responsable. Quelle leçon pour mon fichu caractère ! Quant à vous, mon cher ami, considérez-vous désormais comme tiré d'affaire.

Et sur un geste d'Antoine Dubois :

— Ne renversons pas les rôles. Ce n'est pas vous qui avez besoin de moi, c'est moi qui ai besoin de vous. Il est trop tard pour parler affaire aujourd'hui. Sachez seulement que je me suis permis de jeter un coup d'œil sur les épures que vous aviez oubliées tantôt, et que cet examen m'a prouvé que j'avais enfin trouvé ce que j'étais venu chercher ici. J'ai donc besoin de vous, et tout de suite. Pour les conditions, nous en parlerons demain. En attendant, pour avoir un gage de votre promesse que j'escompte, permettez-moi de vous donner des arrhes.

Et presque de force, il mit un billet de 500 francs dans la main de l'ingénieur, qui, les yeux humides, ne pouvait que répéter :

— Oh ! Monsieur !..... Oh ! Monsieur.....

— Maintenant, dit Sans-Patience, il est 10 heures du soir ; c'est l'heure des braves gens. Allons donc nous coucher. Voulez-vous me permettre d'aller vous reconduire chez vous ? Cela me permettra ainsi de faire connaissance avec Mademoiselle votre sœur.

— Oh ! volontiers. De la sorte, vous pourrez lui apprendre.....

— Rien du tout, interrompit brusquement Sans-Patience. Lui apprendre d'ailleurs comment nous avons renoué connaissance, ce serait lui faire connaître votre..... plongeon. Mieux vaut qu'elle l'ignore, croyez-moi.....

— C'est juste ; mais n'importe ! Elle saura ce que vous vous proposez de faire pour moi.

Les terribles sourcils de Sans-Patience se joignirent, [illegible] sa figure s'empourpra. Pourtant, il eut la force de tenir tête à la crise. Une minute il resta là, les dents serrées, comme pour s'empêcher de parler. Puis ses traits se détendirent, et il finit par sourire.

— Allons, dit-il, je crois qu'avec un peu de volonté, je pourrai venir à bout de mon satané caractère. Cette fois, vous en avez été quitte pour la peur. Mais, pour l'amour de Dieu, ne me contrariez plus !

Leurs vêtements étaient secs. Ils les revêtirent et descendirent.

Un quart d'heure plus tard, un fiacre les déposa devant le 46 de la rue de Grenelle. Tous deux entrèrent dans l'immeuble et escaladèrent allègrement trois étages, par des escaliers qui manquaient un peu de lumière.

Dans la cuisine, petite et simple, mais d'une propreté rigoureuse, Renée Dubois attendait son frère en raccommodant prosaïquement une paire de chaussettes. C'était une jeune fille de vingt ans, assez grande, blonde, avec de grands yeux gris changeant dont le regard disait la loyauté et la candeur. Elle n'était pas belle, elle était seulement jolie, malgré sa bouche un peu grande et sa figure un peu maigre. Il émanait d'elle un grand charme de douceur et d'énergie. On sentait que la souffrance et la misère avaient mûri cette enfant avant l'âge, et qu'elle tenait vaillamment tête à la vie. Croyante d'ailleurs, elle avait toujours puisé du courage dans sa foi de chrétienne.

Elle se leva quand elle vit que son frère n'était pas seul. Et tandis que Sans-Patience, un peu impressionné, s'inclinait respectueusement devant elle, Antoine Dubois prononça :

— Ma chère Renée, j'ai tenu à te présenter M. Jules Régnier. Je ne puis te dire qu'une chose : c'est que, grâce à lui, c'en est fini de nos soucis.

— En ce cas, Monsieur, dit simplement la jeune fille avec dignité, vous avez droit à toute notre reconnaissance ; croyez qu'elle ne vous fera pas défaut.

— C'est précisément ce que je ne veux pas, Mademoiselle, répondit Sans-Patience avec une certaine vivacité. Et si je me suis permis de venir vous importuner à cette heure tardive, c'est pour pouvoir rectifier dès l'origine l'idée exagérée et surtout fausse que, je ne sais pourquoi, Monsieur votre frère s'est fait de ma conduite. Soyez persuadée, à l'opposition de ce qu'il dit, que celui de nous deux qui se dispose à rendre service à l'autre, ce n'est pas moi.....

Là-dessus, Sans-Patience donna à l'ingénieur une vigoureuse poignée de main, s'inclina devant la jeune fille un peu interloquée, et s'en fut, sans permettre qu'on le reconduisît, après avoir donné rendez-vous à Antoine Dubois pour le lendemain matin.

VII

PRÉPARATIFS

Au mois de décembre 1912, les aviateurs, les mécanos et les habitués de l'aérodrome d'Etampes étaient intrigués par les sorties fréquentes d'un aéroplane d'un nouveau type, dont les formes, et surtout la tenue dans l'atmosphère, étonnaient tous les connaisseurs.

Cet appareil se différenciait en tout de ceux qu'on avait vus jusqu'à ce jour. Ses dimensions surtout surprenaient. Chacune de ses ailes, en effet, n'avait pas moins de 8m,50 de long, ce qui lui donait 18 mètres d'envergure et 72 mètres carrés de surface portante. Ces ailes étaient métalliques ainsi que leur carcasse. Elles étaient dessinées suivant un plan absolument nouveau, d'une convexité assez prononcée et de plus moulées un peu obliquement par rapport au fuselage, en forme de V très ouvert. On ne voyait pas de gouvernail de profondeur, et l'on assurait que le créateur de cet appareil avait réalisé non seulement le problème du gauchissement automatique, mais encore celui de l'équilibre longitudinal également automatique. Les formes de l'ensemble étaient si bien comprises dans le sens de la moindre résistance à l'avancement qu'un moteur de 40 chevaux suffisait pour lui donner une vitesse de 150 kilomètres à l'heure par temps calme.

Tel qu'il était, on avait vu cet aéroplane tenir l'air avec une admirable facilité par les violentes bourrasques de novembre, et même par de véritables tempêtes. On n'avait pu que constater ce résultat sans pouvoir en connaître les causes d'une façon précise, car l'appareil, quand il ne volait pas, était soigneusement mis à l'abri dans un petit hangar construit tout exprès, et qui ne restait jamais sans gardien. On en était donc réduit à se répéter les renseignements que nous venons de donner sans savoir s'ils étaient exacts. Ce dont on était sûr, pour l'avoir vu *de visu*, c'est que cet aéroplane était incontestablement supérieur, et de beaucoup, aux appareils ordinaires, si perfectionnés qu'ils fussent.

Est-il besoin d'ajouter que l'avion qui provoquait tant de curiosité n'était autre que celui de l'ingénieur Dubois ?.....

Sans-Patience, en effet, s'était fait le commanditaire de l'ingénieur. Il ne pouvait mettre celui-ci au courant de la teneur du testament de son oncle. Il s'était donc borné à lui confier qu'il avait un très grand intérêt à traverser l'Atlantique en aéroplane, et lui avait demandé s'il croyait la chose possible. Ce à quoi l'ingénieur, très nettement, lui avait répondu par l'affirmative. Seulement, et selon lui, la chose n'était réalisable qu'avec son appareil à lui, actionné par le moteur rotatif qui permettait une consommation réduite de carburant. Mais si ce moteur ne pouvait pas être mis au point en temps utile, l'ingénieur était d'avis qu'on pouvait néanmoins tenter la traversée avec un moteur ordinaire monté sur son appareil. En ce cas, deux relais de ravitaillement devraient être organisés en plein océan, à 4 ou 500 lieues l'un de l'autre, afin de permettre le réapprovisionnement en essence. Il suffirait pour cela de donner rendez-vous à deux petits navires en des points convenus, où ils devraient croiser en guettant le passage de l'aéroplane.

Il était naturellement entendu que, quel que soit le moteur utilisé à la propulsion de l'aéroplane, celui-ci devait être muni de flotteurs, afin de lui permettre, en cas de panne ou pour toute autre cause, de se poser sur les flots sans enfoncer.

Tout étant ainsi convenu, nos deux amis s'étaient mis à l'œuvre. La période qui s'était écoulée entre le mois d'octobre et le mois de décembre avait été, on s'en doute, des plus laborieuses pour eux qui, depuis, ne s'étaient guère quittés.

Sans-Patience avait juste effectué le voyage Verdun et retour pour y aller chercher la provision des 40 000 dollars que l'on sait, précieux viatique sans lequel on ne pouvait faire grand'-chose d'utile. Une fois la question d'argent tranchée, les choses avaient été rondement, et tant chez l'industriel chargé de la construction de l'appareil que chez le spécialiste qui s'occupait du moteur, Sans-Patience s'était fait une réputation redoutable. Dès qu'on le voyait arriver, c'était une véritable déroute, et c'était à qui, depuis le patron jusqu'au moindre « attrape-science », se défilerait à son approche, pour éviter « d'écoper ».

Il est vrai qu'on s'était assez vite habitué au personnage, car on avait remarqué qu'avec lui, les premières minutes seules étaient difficiles. L'accès passé, Sans-Patience devenait un homme comme un autre, plutôt sympathique même, car vis-à-vis des ouvriers il avait le pourboire aussi facile que la colère, et les ingénieurs avaient vite constaté que cet original avait une conversation réellement intéressante, qui dénotait un homme doué d'un rare bon sens et très averti au point de vue des sciences physiques.

Ses interventions journalières n'en étaient pas moins appréhendées à cause du coup de boutoir qui servait inévitablement d'entrée en matière, et elles avaient beaucoup contribué à hâter les choses. Il avait fallu six semaines pour construire l'aéroplane lui-même. En attendant la mise au point du moteur rotatif, dont l'achèvement demandait plus de temps, le nouvel appareil avait été doté d'un moteur ordinaire, et comme nous l'avons dit, ses essais avaient immédiatement commencé.

Sans-Patience et l'ingénieur avaient ainsi pris l'habitude d'être toujours ensemble. Tous deux déjeunaient à midi dans un quelconque restaurant ; et, en dernier, Sans-Patience s'était fait une habitude, qui lui devenait de plus en plus chère, de dîner tous les soirs rue de Grenelle, chez ses nouveaux amis, et de passer la journée du dimanche tout entière avec eux.

Il ne faut pas conclure que, du fait de cette fréquentation journalière, les rapports entre les deux hommes fussent exempts d'orages. Malgré toute sa bonne volonté, Sans-Patience ne pouvait évidemment changer de caractère du jour au lendemain. Les premiers jours, il s'était contenu tant qu'il avait pu. Mais ses altercations fréquentes avec les garçons d'hôtel et les cochers, ses habituelles victimes, étaient un excitant insuffisant pour son humeur atrabilaire. Aussi, dès le cinquième jour de leur fréquentation, Antoine Dubois avait-il fait connaissance, à propos d'un motif futile, avec les emportements coutumiers de son nouvel ami. Comme il avait été prévenu, il ne s'en émut pas plus qu'il ne s'en formalisa; et, la crise passée, il laissa Sans-Patience s'essuyer le front, et reprit la conversation au point où elle avait été arrêtée avec autant de tranquillité que si son commanditaire ne venait pas de l'agoniser de sottises.

Dès lors, l'habitude était prise, et l'ingénieur supportait avec beaucoup de philosophie les crises périodiques de son irritable ami, à tel point même qu'il avait l'impression de manquer de quelque chose quand les crises tardaient.

— Tiens ! disait-il alors avec flegme, vous n'avez pas encore eu votre crise aujourd'hui. Seriez-vous souffrant, mon cher ?

Sans-Patience souriait, à moins qu'il n'éclatât, ce qui arrivait le plus souvent.

Ce détail à part, les deux hommes s'entendaient fort bien, ce qui s'expliquait par la différence de leur caractère et de leur tempérament.

Sans-Patience était un homme d'action, qui ne songeait qu'à foncer sur l'obstacle pour le culbuter ; sa surabondance d'énergie en faisait une véritable machine à agir.

Antoine Dubois, au contraire, était avant tout un méditatif, toujours attelé à la recherche d'une idée ou à la solution d'un problème. Il était, quoique jeune encore, de la race de ces savants qui vivent en eux-mêmes, pour qui le monde n'existe pas quand ils ont le cerveau occupé, et qui, à l'occasion, extrairaient une racine carrée au milieu d'un déchaînement de mitraille avec autant de tranquillité que dans leur cabinet de travail. On comprend donc combien les emportements de Sans-Patience avaient peu de prise sur une pareille nature ; la plupart du temps, l'ingénieur, absorbé par ses conceptions, n'entendait même pas les imprécations furibondes de son compagnon.

Il était toutefois une personne devant laquelle Sans-Patience mettait une sourdine à son caractère violent : c'était la sœur de l'ingénieur. Jamais encore, quoique les occasions de le voir fussent assez fréquentes, Mlle Dubois n'avait assisté à la tumultueuse explosion de ce volcan humain. Quand elle était là, Antoine Dubois, qui était contrariant à ses heures, pouvait se permettre toutes les taquineries vis-à-vis de Sans-Patience. Sans-Patience ne bronchait pas, et c'était à croire alors qu'il n'avait jamais mérité son surnom. Il lui était bien arrivé quelquefois de sauter sur son chapeau et sa canne et de s'enfuir sans mot dire, les yeux hors de la tête et le visage congestionné. On l'entendait alors descendre en trombe les étages au milieu d'un vacarme qui faisait sortir les locataires sur leurs portes. Et Antoine Dubois disait tranquillement à sa sœur :

— Ne t'épouvante pas, ma chérie ; ce n'est que le quatrième accès de la journée.

Cela faisait sourire la jeune fille, déjà au courant du travers de cet original. Du reste, le lendemain, Sans-Patience se présentait à elle avec autant d'aisance que si sa sortie de la veille n'avait rien eu que de très correct.

C'est qu'un lent et encore inconscient travail se faisait dans l'âme de ce garçon déjà âgé qui, jusqu'alors, avait vécu pour ainsi dire en marge de l'existence, au fur et à mesure qu'il connaissait mieux Renée Dubois. Sans y prendre garde, il songeait souvent à cette jeune fille si intelligente, si instruite et si simple, d'une humeur toujours égale, qui vivait une existence si digne, et dont il s'était mis à aimer le grave sourire. Et il tombait souvent dans de longues et silencieuses rêveries qui étaient un sujet d'étonnement pour l'ingénieur.

— Eh bien ! mon cher, lui disait alors celui-ci, encore un accès qui couve ?

Sans-Patience haussait les épaules sans répondre.

L'ingénieur, trop savant pour être clairvoyant, ne pouvait deviner que son ami avait fini par voir clair en lui-même, et qu'en ces moments de mélancolie si rares chez lui, il se disait qu'il aimait un ange, mais que, malheureusement, on n'avait jamais vu un ange consentir à épouser un hérisson.

VIII

DANS LEQUEL SE TROUVE REMPLIE UNE DES CONDITIONS DU TESTAMENT

— Victoire ! s'écria ce matin-là l'ingénieur en se précipitant comme un tourbillon dans la chambre de Sans-Patience. Mon moteur a tourné vingt-quatre heures sans arrêt.

— Alors ? interrogea tranquillement Sans-Patience.

— Alors, la chose est désormais décidée. C'est avec mon moteur que nous allons tenter la traversée.

— Pas de relais ?

— A quoi bon ? J'ai calculé qu'à la rigueur, nous pouvions emporter 100 litres d'essence de supplément. C'est-à-dire que nous pourrions nous offrir une randonnée de près de 7 000 kilomètres sans avoir besoin de nous ravitailler. Au départ nous aurons, il est vrai, très peu de force ascensionnelle, mais remarquez que nous allons voler au-dessus d'une surface absolument plane, qui est la mer, ce qui nous dispensera d'escalader les nuages. D'autre part, par suite de la consommation, notre poids d'essence diminuera rapidement, de sorte qu'au bout de quelques heures, l'appareil recouvrera l'intégralité de ses moyens.

— Très juste. Et à quand le départ ?

— Je pense qu'il pourra être fixé au lundi 15 janvier, ce qui nous laisse encore cinq jours pleins pour nos derniers préparatifs.

Ici, Sans-Patience aborda une question des plus importantes pour lui, puisque d'elle dépendait la réalisation d'une des conditions du testament. Aussi ce fut avec une certaine émotion qu'il demanda :

— Vous avez dit : nos préparatifs. Comptez-vous donc devenir mon compagnon de voyage ?

— Certes, répondit l'ingénieur en ouvrant de grands yeux. N'est-ce pas convenu depuis longtemps ?

— Pardon. Mais jamais nous n'avons parlé explicitement de ce détail.

— Parlons-en donc explicitement, dit l'ingénieur. Je vous demande comme une faveur de partir avec vous. Du reste, vous ne pouvez vous en aller seul. Vous êtes encore insuffisamment initié à la conduite d'un aéroplane pour pouvoir entreprendre avec succès une pareille randonnée. Et puis, je ne voudrais pas laisser à d'autres qu'à moi l'honneur d'essayer un appareil que j'ai construit de toutes pièces.

— Tout cela, je le comprends, mon cher ami. Mais, et je ne puis vous dire pourquoi, il est nécessaire de bien nous entendre à ce sujet. D'abord, que vous partiez ou non avec moi, nos conditions restent les mêmes. Je vous dois 10 000 francs pour le service que vous m'avez rendu. De plus, je deviens votre commanditaire pour l'exploitation de vos brevets, et, dans ce but, je mets pour commencer 40 000 francs à votre disposition. C'est donc 50 000 francs que je vais vous verser aujourd'hui même. Enfin, dans le cas où je réussirais la traversée, il y a un million pour vous.

— Un million ! s'écria l'ingénieur, stupéfait.

— Oui, et j'y gagnerai encore, croyez-le..... Tout ceci, comprenez-le bien, et je le répète, que vous partiez ou non avec moi. Ne vous croyez donc pas obligé pour cela de devenir mon compagnon de voyage.

— Pouvez-vous penser, répondit l'ingénieur [illegible], pouvez-vous [illegible] que je sois capable de mettre en ligne de compte une misérable question d'argent ?

— Non, mon brave ami, dit Sans-Patience en lui serrant la main. Je ne l'ai jamais pensé. Mais il était nécessaire que je vous le demande. Maintenant, autre chose. Écartez de vous, par la pensée, ce sentiment si naturel qui vous pousse à expérimenter vous-même l'appareil qui est votre œuvre, et à tenter une épreuve qui peut être glorieuse. Et demandez-vous si ce voyage, qu'il semble fou de vouloir tenter, et qui comporte malgré tout de redoutables aléas, demandez-vous donc si ce voyage, vous vous sentiriez le désir de l'entreprendre spontanément, sans autre motif que votre affection pour moi.....

— [illegible]ment, je crois que oui, répondit, tout de suite, l'ingénieur.....

— Malgré mon caractère ?

— Peuh ! votre caractère..... Je n'y fais plus attention. Du reste, il me semble que vos crises ont des tendances à s'espacer de plus en plus.

— Et pensez-vous que dans quinze jours, dans un mois, et même davantage, vous parleriez comme aujourd'hui ?

— Pourquoi aurais-je changé d'avis ?

— Alors, il faut que je vous embrasse ! cria Sans-Patience en sautant au cou de son compagnon.

— Diable ! dit celui-ci avec flegme, vous avez l'expansion rare, mais vigoureuse, vous..... Serait-ce une nouvelle forme d'accès ?

— Un ami ! J'ai donc un véritable ami ! continuait Sans-Patience. Ah ! mon oncle, quelle tête doit être la vôtre si vous me voyez de là-haut ?

Et comme l'ingénieur le regardait avec effarement, Sans-Patience se mit à rire :

— Ne me croyez pas fou, mon cher, dit-il. Tout ceci vous sera expliqué plus tard. Mais soyez persuadé que vous me rendez un rare service..... C'est donc entendu, vous partirez avec moi. Mais, étant donnés ces aléas, je ne veux pas vous embarquer dans cette aventure sans avoir l'autorisation de votre sœur.....

— Mais il y a bel âge que Renée est au courant ! Avec moi, elle a toujours compté que je serais votre compagnon de voyage.

— Et elle se résigne ?

— Mais oui. Du reste, elle a une telle confiance dans ce qu'elle appelle mon génie, qu'elle croit fermement en la réussite.

— Savez-vous que votre sœur est une femme vraiment supérieure, mon ami, et que l'homme qui l'épousera sera bien heureux ?

— Je le crois, répondit distraitement l'ingénieur.

Et avec un égoïsme inconscient :

— D'ailleurs, je ne la crois pas disposée à se marier ; elle m'a souvent répété qu'elle était décidée à ne jamais me quitter.

Sans-Patience eut un petit coup au cœur et pâlit un peu. Mais il surmonta courageusement cette émotion.

— Alors, dit-il d'une voix légèrement tremblante encore, *alea jacta est !* C'est donc de compagnie que nous allons tenter cette randonnée qui, si nous réussissons, nous fera, vous célèbre, et moi riche.

Et avec un soupir :

— Peut-être, après cela, n'en serons-nous plus heureux ni l'un ni l'autre !.....

IX

LE DÉPART

Le lundi 15 janvier 1913, vers 7 heures du matin, Renée Dubois faisait ses adieux à son frère et à l'ami de celui-ci, dans le petit hangar de l'aérodrome d'Etampes. Elle était visiblement émue, ainsi que Sans-Patience. Quant à l'ingénieur, il était aussi calme que s'il ne s'était agi que du plus banal des départs.

Néanmoins, il embrassa tendrement sa sœur. Il était convenu qu'aussitôt que possible, elle recevrait un câblogramme la mettant au courant de l'issue du voyage.

— Du reste, ajouta l'ingénieur, tu entendras parler de nous par les journaux avant que nous soyons arrivés. Nous ne pouvons manquer de rencontrer en route des navires qui s'empresseront de télégraphier cette rencontre au continent. Mais surtout ne t'inquiète pas ; ce voyage n'est nullement dangereux, puisque, en cas de panne, nos flotteurs nous permettraient de nous poser sur la mer, où nous ne tarderions pas à être recueillis, les parages que nous allons survoler étant très fréquentés.

Sans-Patience, lui, restait là, ému comme il ne l'avait jamais été. Il ne regardait que Renée ; durant les mois qui venaient de s'écouler, il s'était si bien habitué à elle, qu'à la pensée de la quitter, son cœur se déchirait. Ah ! s'il avait pu au moins, en cet instant solennel, lui apprendre combien elle lui était chère, et lui demander si elle voudrait bien l'attendre comme une fiancée..... Mais à quoi bon ? Son exécrable caractère qui ne lui permettrait jamais de rendre une femme heureuse, et la volonté de la jeune fille de rester toujours auprès de son frère, tout ne condamnait-il pas cet espoir ?

— Quand vous voudrez, mon cher ! dit l'ingénieur déjà installé à son volant.

Sans-Patience s'approcha de la jeune fille, et lui tendit la main en balbutiant :

— Adieu, Mademoiselle.

— Non, pas adieu, mais au revoir, répondit Renée, très émue, elle aussi.

Ce fut tout. Tous deux, une seconde, se regardèrent, et Sans-Patience vit dans les larges yeux gris comme une lueur de souffrance et de tendresse qui le bouleversa. Sa bouche s'ouvrit, mais il se tut, et Renée baissa les yeux.

Nul autre qu'un mécanicien n'assistait à cette envolée par quoi débutait une randonnée qui devait bouleverser le monde. Dans la crainte d'un échec toujours possible, nos deux amis s'étaient bien gardés, en effet, d'ébruiter leur dessein. Pour ne pas éveiller de soupçons sur leur véritable projet, les flotteurs n'avaient été adaptés à leur appareil qu'au dernier moment. S'ils réussissaient, on le saurait toujours assez tôt. S'ils échouaient, au contraire, leur échec n'aurait aucun retentissement.

Seul, le mécanicien, gardien du hangar, venait d'être mis dans la confidence, sous la recommandation expresse de ne parler que quand on lui en donnerait l'autorisation. Quand il avait eu connaissance du téméraire projet, le brave garçon en était tombé des nues.

— Et si vous ne revenez pas ? demanda-t-il.

— Tu le verras bien, animal ! cria Sans-Patience d'une voix furibonde.

Et fourrant deux billets bleus dans la main du « mécano » effaré :

— Voilà pour t'apprendre à te taire, idiot ! Tu en auras autant quand nous reviendrons, si tu as su tenir ta langue jusque-là. Mais si tu parles avant, je te massacre.

Là-dessus Sans-Patience s'installa sur son siège, situé à côté de celui du pilote. Un dernier adieu à Renée, et deux minutes après, l'aéroplane volait en plein ciel, piquant droit sur l'Ouest. Quimper était en effet l'objectif de cette première étape d'environ 400 kilomètres — une misère pour des hommes qui s'apprêtaient à franchir l'Atlantique d'une traite. — Et l'ingénieur n'était pas fâché de ce voyage préliminaire effectué au-dessus du continent, voyage qui allait lui permettre de contrôler une dernière fois la tenue de son appareil avant d'aborder l'Océan.

Il faisait un joli petit froid sec, et on lisait 6 degrés au-dessous de zéro au thermomètre accroché au pare-brise, car il y avait un pare-brise, et tous ceux qui ont fait de l'aéro savent que ce n'était pas là une innovation à dédaigner. Il régnait un vent moyen du Nord-Ouest qui aidait à la marche.

— Que ce vent dure quelque temps, dit l'ingénieur, et nous ne mettrons que deux jours pour arriver à New-York.

Grâce à de chaudes fourrures, les aviateurs supportaient facilement ce froid qui, en somme, n'avait rien d'excessif. L'ingénieur avait du reste poussé la prévoyance jusqu'à installer un système de chaufferette inédit, grâce à un manchon rempli d'eau qui entourait le tuyau de sortie des gaz, et auquel il avait adjoint une série d'autres tuyaux qui entretenaient sous leurs pieds une chaleur constante.

La question des vivres était solutionnée avec la même prévoyance. En tant que conserves, biscuits, comprimés, eau douce, vin, café froid et rhum, l'approvisionnement aurait suffi à nourrir deux hommes pendant un mois. Sans-Patience avait trouvé la précaution excessive, mais l'ingénieur avait tenu bon.

Il y avait en outre à bord les instruments indispensables, boussole, thermomètre, indicateur d'altitude, indicateur de tours d'hélice, etc., et, dans un coffre *ad hoc*, une série d'outils de toute sorte.

Deux récipients fixés au fuselage approvisionnaient le moteur en essence et en huile. Très vaste, le réservoir d'essence pouvait contenir 400 litres. Un dispositif approprié permettait de se rendre compte à chaque instant de la hauteur de liquide. Le reste de l'approvisionnement devait être pris à Quimper, et une place était réservée derrière les sièges pour les bidons pleins qu'il faudrait emporter.

De plus, Sans-Patience avait tenu à ce qu'un pavillon tricolore soit fixé au-dessus du fuselage, entre les deux ailes.

Tout était donc prévu jusqu'à la minutie, et c'était là l'œuvre de l'ingénieur. S'il avait écouté Sans-Patience, qui ne doutait de rien, tous deux seraient partis en n'emportant que la quantité de carburant et d'huile nécessaire, quelques outils et des vivres pour deux jours. Mais, pour la première fois, l'ingénieur avait tenu son point bon, et prié son ami d'avoir à lui... laisser la paix au sujet de ces préparatifs.

X

LA PREMIÈRE ÉTAPE

Ainsi équipés, vêtus de confortables fourrures, les pieds au chaud, les deux aviateurs volaient dans l'air vif, poussés par le vent du Nord-Est grâce auquel ils atteignaient sans effort la vitesse de 150 kilomètres à l'heure.

Leur itinéraire était Chartres, Mayenne, Mamers, Rennes, Pontivy et Quimper. Une boussole était fixée entre eux deux, et Sans-Patience avait déplié une carte sur ses genoux. C'était lui qui contrôlait la route, que son ami suivait à l'estime à l'aide de la boussole. Cette route, du reste, figurait une ligne allant nettement de l'Est à l'Ouest ; à peine fallait-il obliquer un peu vers le Sud. Dans ces conditions, un enfant aurait pu piloter l'appareil sans déviation, surtout par ce temps clair qui ne mettait aucune brume dans l'atmosphère.

Sur le chemin idéal qu'ils devaient suivre, les reliefs du sol étaient rares et de faible amplitude. La carte ne leur montrait guère à survoler que les collines du Perche, les collines du Maine et les premiers contreforts du massif du Méné, en Bretagne. Aussi l'ingénieur n'avait-il pas jugé à propos de s'élever au-dessus de 600 mètres, et il était décidé à s'en tenir à cette altitude.

Ils rangèrent Chartres une demi-heure à peine après leur départ. De cette ville, ils ne distinguèrent rien, car ils la laissèrent à quelques kilomètres au Nord. Puis ce fut Mamers et Mayenne, qu'ils survolèrent à faible hauteur, par pure coquetterie, afin de pouvoir se faire admirer des habitants.

Chose étrange, Sans-Patience n'avait pas encore dit un mot depuis le départ. Il ne bougeait pas plus qu'il ne parlait.

C'est que l'impression qu'il ressentait n'avait rien de comparable à tout ce qu'il avait éprouvé jusqu'à ce jour. Ce mode de locomotion si nouveau pour lui avait un charme intense et troublant. C'était une sensation de légèreté et de vitesse, sans un cahot, sans un heurt, avec, seulement, le léger roulis des grandes ailes qui semblait un lent bercement. Et il lui venait un prodigieux dédain pour ceux qui, sous lui, en étaient réduits à cheminer collés à la terre par l'inexorable loi de la pesanteur.

Et dans la griserie que faisait monter à son cerveau l'air plus pur des hauteurs, il revoyait la jolie figure un peu maigre et les larges et candides yeux gris de celle qui avait mis dans sa vie un premier sourire..... Que n'avait-elle pu les accompagner pour goûter avec eux les fortes et sereines émotions de ce voyage aérien !.....

Sans-Patience passa la main sur son front pour chasser la vision troublante, et se secoua en se proférant à lui-même :

— Idiot !

— Un accès ? interrogea tranquillement l'ingénieur.

— Vous, fichez-moi la paix ! cria Sans-Patience, déjà tout hérissé.

L'autre se mit à rire.

— C'est que, voyez-vous, dit-il, ici nous sommes dans un état d'équilibre plutôt instable. Mettez-vous en colère, mais soyez avare de vos mouvements, c'est plus prudent.....

Sans-Patience serra les poings, son visage s'empourpra, et il fit un mouvement comme pour se lever. Mais tout à coup il se mit à rire.

— Vous avez raison, mon ami ; mais, décidément, je crois que je ne me corrigerai jamais.

— Mais si ! mais si ! affirma l'ingénieur. Je vous assure que, depuis quelque temps, vous êtes déjà changé. Vous n'avez plus guère que deux ou trois crises par jour. Encore sont-elles moins violentes qu'autrefois....

— Vrai ? fit Sans-Patience, ne sachant si son ami raillait ou parlait sérieusement.

— Tout ce qu'il y a de plus vrai. Mais, au fond, je me demande quel intérêt vous pouvez avoir à changer de caractère ?

— Quel intérêt ! s'écria Sans-Patience. Mais vous ne savez donc pas.....

Il s'arrêta brusquement. Il avait été sur le point de lâcher son secret. Et quelles gorges chaudes aurait fait l'ingénieur en apprenant que ce hérisson de Sans-Patience devenait sentimental !....

— Sachez seulement, dit-il en se rattrapant, que je donnerais dix ans de ma vie pour ressembler, par le caractère, au commun des mortels.

— Vous y perdriez, mon cher, répondit sérieusement l'ingénieur, qui était misanthrope à ses heures. Il n'est déjà pas si joli, le commun des mortels, et tout hérisson que vous soyez, je vous préfère cent fois à beaucoup de gens aimables que je connais.

Et pour rompre les chiens :

— Mais que dites-vous du début de notre voyage ?

— Tous mes compliments, mon cher ; jamais je n'oublierai ces premières impressions. J'étais loin de me douter que la navigation aérienne me réserverait des sensations aussi neuves.

— Il faut vous dire aussi que, pour un néophyte, vous êtes privilégié. Vos impressions eussent été certainement moins nettes et surtout moins agréables à bord d'un appareil ordinaire, où l'on est secoué sans douceur pour peu que le vent soit grand, et assourdi par le sifflement de l'air et la pétarade du moteur.

— Tout de même, le bruit fait par votre moteur est presque nul !

— Cela se comprend. Je ne [illegible] vous vous êtes bien

rendu compte de la différence qui existe entre les deux systèmes. Tous les moteurs à explosions, qu'ils servent aux automobiles ou aux aéros, se ressemblent quant à leur principe. Ils consistent en un ou plusieurs cylindres dans lesquels se meut un piston poussé par l'explosion de gaz carburé préalablement introduit dans ce cylindre. Ce piston est violemment chassé, et à peine son mouvement a-t-il eu lieu dans un sens qu'il est obligé de commencer un autre mouvement dans le sens opposé. Cette brusque transformation d'impulsion se traduit d'abord par une perte d'énergie qui n'est pas nulle, et surtout par d'inévitables à-coups qui fatiguent énormément l'ensemble du système. D'autant plus, remarquez-le bien, que sur les quatre temps des moteurs à explosions, il n'y en a qu'un moteur ; les trois autres servent successivement à l'expulsion des gaz brûlés, puis à l'introduction de la cylindrée de carburant, et enfin à la compression.

— Je sais, fit simplement Sans-Patience, qui suivait attentivement les explications de son ami.

— Or, dans mon moteur à moi, le mouvement est *originellement circulaire*. J'avais primitivement cherché à réduire à deux le nombre des temps. Mais je crois que c'est là un perfectionnement qui ne sera jamais pratique. Je me suis donc rabattu sur la conception dont vous voyez la réalisation sous vos yeux.

— C'est, si j'ai bien compris, une sorte de turbine ?

— Ce qui prouve que, au contraire, vous n'avez pas compris. Car, ne l'oubliez pas, dans une turbine, qu'elle soit hydraulique ou à vapeur, ce n'est pas la *pression* qu'on utilise comme facteur d'énergie, mais la *vitesse* des molécules liquides ou gazeuses. Or, dans mon moteur à moi, c'est la pression qui est utilisée. Vous saisissez la différence ?

— Je commence.

— Le principe est du reste le même, à part le mode de transformation du mouvement, que celui des autres moteurs. C'est la pression fournie par l'inflammation d'une masse gazeuse préalablement introduite en vase clos qui agit sur une paroi mobile de ce vase. J'ai remplacé le cylindre par cette sorte de grosse lentille convexe que vous voyez, et le piston par deux palettes robustes qui se meuvent à l'intérieur de cette lentille, et montées sur un axe qui est, en fait, l'arbre du système. C'est la pression exercée successivement sur chacune de ces palettes par l'explosion de la masse gazeuse qui produit le mouvement, et ce mouvement même expulse automatiquement les gaz brûlés. Vous dire comment je suis arrivé à ce résultat, ce serait trop long. Qu'il vous suffise de le constater : toute l'énergie utilisée, aucun à-coup ni trépidation, perte réduite de calories, très peu de bruit, et possibilité de la mise en marche automatique, obtenue par le seul fait de la mise de contact.

— Je constate et j'admire, répondit simplement Sans-Patience. Il eût été vraiment dommage de ne pas donner à votre moteur la consécration de cette randonnée sans précédent.

— Je l'eusse, certes, regretté. Mais attendez la fin, mon cher, avant de me féliciter. Nous avons encore dans les environs de 6 000 kilomètres à faire, ne l'oubliez pas.

— Bah ! nous voilà partis. Une fois que je suis parti, moi, je ne m'arrête jamais : il faut que j'arrive.

— Évidemment, on arrive toujours, dit l'ingénieur en riant. Mais cela dépend comment. Quant à nous, nous avons le choix : si nous n'arrivons pas au-dessus de l'Océan, nous arriverons dessus.

— Ou dedans ! fit Sans-Patience avec simplicité. Mais dites-moi, vous avez l'air d'être très à l'aise à votre volant de direction. Moi qui, après les quelques leçons que vous m'avez données, me figurait qu'il fallait une attention de tous les instants !

— C'est qu'il en est de l'appareil lui-même comme du moteur. Tout y est perfectionné. Grâce aux dispositifs de gauchissement et d'équilibre automatiques, la tâche du pilote est excessivement simplifiée. Si nous avions le vent franchement arrière, au lieu de l'avoir un peu obliquement, je pourrais mettre les deux mains dans mes poches, après avoir assuré la direction et l'altitude.

— Pour tout résumer d'un mot, conclut Sans-Patience, c'est merveilleux. Et plus je vous connais, plus je vous admire, mon ami. Savez-vous que vous êtes un savant, un vrai savant !...

— Vous exagérez! répondit tranquillement l'ingénieur. Soyez certain que, de par le monde, et en France surtout, il existe pas mal de pauvres diables dont la science égale la mienne. Mais tout le monde n'a pas la chance de tomber comme moi sur le plus généreux et le plus intelligent des commanditaires.

— Dubois! cria Sans-Patience dont les sourcils se froncèrent.

Il n'appelait l'ingénieur par son nom que quand il se fâchait. Son ami le regarda avec placidité.

— Une crise? fit-il. Allez-y! Aussi bien, vous n'en avez encore eu qu'une ce matin.

Mais, décidément, Sans-Patience commençait à s'amender sérieusement, car il se mit à rire, sans dévider son habituel chapelet d'imprécations.

— Je devrais vous rappeler à l'ordre, continua l'ingénieur. Vous êtes observateur, ne l'oubliez pas. Or, je parierais que vous avez laissé passer Rennes et Pontivy sans les signaler. Car devant nous, un peu à gauche, voici une ville qui me semble être Quimper, si j'en crois ma boussole et mon indicateur de vitesse. Du reste, voyez à notre gauche, assez loin, cette sorte de ligne grise ; c'est l'Océan.

— Déjà! dit Sans-Patience, impressionné.

— N'oubliez pas qu'il est 9 h. 35. Partis un peu après 7 heures, nous avons fait du 150 à l'heure ; c'est bien notre compte. Mais ne regardez pas tant au Sud ; nous avons le temps de contempler l'eau. Vous la verrez de plus près avant qu'il soit peu, et plus longtemps peut-être que vous le voudrez. Cherchez plutôt un terrain d'atterrissage, car je vais descendre.

— Alors, dit Sans-Patience, en consultant la carte, puis en regardant sous lui, alors inutile de survoler la ville. Nous pouvons descendre avant de l'atteindre, à proximité des faubourgs.

Déjà, l'ingénieur avait arrêté son moteur et descendait en vol plané. A droite, dans le lointain, on distinguait les premiers contreforts des montagnes noires ; à gauche, une étroite baie ; et devant eux, presque sous leurs pieds, la ville, et les deux rubans d'argent de l'Odet et du Steir. Armé de sa lorgnette, Sans-Patience découvrit à une centaine de mètres de la ligne ferrée et près des faubourgs une sorte de lande qu'il indiqua au pilote ; et deux minutes plus tard, le grand oiseau aux ailes obliques atterrissait sans accident après avoir roulé une vingtaine de mètres sur un sol inégal.

— Encore un perfectionnement à trouver, dit Sans-Patience: le moyen d'atterrir et de s'envoler sur place.

— J'y ai déjà songé, répondit l'ingénieur en sautant à terre.

Et regardant l'heure à son chronomètre, qui marquait 9 h. 40.

— 400 kilomètres en un peu plus de deux heures et demie ! décidément, je ne veux plus voyager qu'en aéroplane !

XI

AU-DESSUS DE L'IMMENSITÉ

Ils avaient atterri entre le chemin de fer et la route de Saint-Brieuc. Les deux aviateurs ne perdirent pas leur temps à visiter Quimper. L'ingénieur se rendit immédiatement en ville afin de se faire amener la quantité d'essence nécessaire pour faire le plein du réservoir et compléter l'approvisionnement en bidons de 10 litres, dont 30 furent soigneusement arrimés derrière les sièges.

Puis ils profitèrent de la circonstance pour entamer leurs provisions et faire un repas qui s'imposait, installés dans leur appareil que, par précaution, ils ne voulurent pas quitter.

Inutile de dire que, dès le premier moment, un grand nombre de Quimpérois étaient accourus, intrigués par l'atterrissage inopiné de cet aéroplane si différent des autres par ses dimensions, ses ailes en V et ses flotteurs. Parmi eux, il s'était trouvé quelques notables et deux officiers de marine, lesquels n'avaient pu s'empêcher de s'enquérir du dessein des aviateurs. L'ingénieur avait tranquillement répondu que leur appareil était un nouvel hydro-aéroplane dont ils allaient expérimenter les qualités au-dessus de l'Océan. Comme quelques-uns insistaient, Sans-Patience était intervenu, et l'on devine que son intervention avait suffi pour mettre tous les curieux en déroute.

Leur repas terminé, l'ingénieur se livra à un dernier et

minutieux examen de tous les organes de l'appareil, examen au cours duquel il constata que son aéroplane avait admirablement supporté cette première partie de l'épreuve.

Puis tous deux s'installèrent, le moteur fut mis en route, le grand oiseau roula une quarantaine de mètres et finit par s'envoler. Mais l'ingénieur le sentit moins maniable que le matin, et il eut quelque peine à s'élever à 100 mètres de hauteur.

— La surcharge d'essence, expliqua-t-il à son ami. C'était prévu. Mais, tout de même, j'ai peut-être exagéré.

— Si vous pensez que l'appareil va trop fatiguer, ne vaudrait-il pas mieux atterrir et laisser 50 litres d'essence.

— A quoi bon ? Cette altitude de 100 mètres est suffisante, puisqu'il n'existe sur notre route aucun [illegible] avant d'arriver au-dessus de l'eau. D'ailleurs, l'allégement va se faire de lui-même, au fur et à mesure de la consommation de carburant.

Bientôt ils aperçurent devant eux la ligne sombre des falaises, et au delà une immensité glauque qui était l'Océan. Quelques minutes encore, puis ils abordèrent la côte déchiquetée, et l'hélice tourna au-dessus des flots dont ils entendaient le bruit sourd et profond retentir au pied des rochers.

Ce fut là que Sans-Patience éprouva sa première émotion. Il venait de constater que l'appareil était très [illegible] [illegible] quelque illusion d'optique lui montrait la mer se rapprocher rapidement, comme montant vers eux.

— Mais nous tombons ! s'écria-t-il.

L'ingénieur ne répondit pas. Cramponné au volant, il [illegible] [illegible] l'aéro qui bientôt [illegible], son avant relevé [illegible] obliquement vers [illegible] [illegible] que quelques [illegible]

— Mais [illegible] demanda Sans-Patience [illegible]

[illegible]

— [illegible] très naturel, répondit [illegible]

[illegible]

« fosses d'air », comme disent les aviateurs, que nous avons passé. Nos plans de sustentation n'avaient pour s'appuyer qu'un air moins dense que le milieu ambiant, et insuffisant pour supporter le poids de notre appareil. Il s'en est suivi la sorte de chute que vous savez. Ce phénomène est assez fréquent, surtout au-dessus des montagnes, à l'intersection des vallées, ou pendant les orages ou les bourrasques.

— Et ces vides peuvent être profonds ?

— Oui. C'est pourquoi il est préférable en principe de voler à une certaine hauteur, pour pouvoir se « rattraper » avant d'avoir touché terre. Mais au-dessus de la mer, par temps calme ou vent régulier — ce qui est notre cas — il n'y a rien à craindre de ce côté.

L'aéroplane avait regagné de la hauteur, et l'aiguille du baromètre indicateur était arrêtée au chiffre 120.

Derrière eux, la côte n'était déjà plus qu'une ligne. Peu à peu, elle devint indistincte, puis s'effaça. De quelque côté que le regard des aviateurs se tourna, ils ne virent plus que de l'eau.

Tous deux, instinctivement, se regardèrent, en proie à une émotion profonde. Désormais, chaque tour d'hélice les entraînait vers l'immensité où ils allaient se trouver seuls, livrés à eux-mêmes, n'ayant pour guide qu'une petite aiguille d'acier, pour véhicule qu'un fragile assemblage de métal et de bois, et pour soutien que leur courage.

— Il est encore temps pour vous, mon ami, dit Sans-Patience d'une voix que l'ingénieur ne lui connaissait pas. Moi je suis seul dans la vie, et si je succombe, je ne manquerai à personne. Mais il n'en est pas de même pour vous ; si vous n'êtes plus là, que deviendra votre sœur ?

— Bah ! fit l'ingénieur dont, une seconde, les yeux clairs s'embuèrent ; s'il m'arrive malheur, Renée, grâce à vous, ne sera du moins pas dans le besoin ; pour moi, c'est l'essentiel. Mais il ne nous arrivera rien, je le sens. Cessez donc, mon cher, de jouer au prophète de malheur, et en avant !

Sans-Patience ne répondit rien, mais il serra silencieusement la main de son ami.

Et tandis que le grand oiseau aux ailes d'argent continuait à progresser rapidement vers l'Ouest, dans l'immensité redoutable du ciel et des flots, tous deux, intérieurement, invoquèrent la protection de Dieu, maître souverain de nos humaines destinées.....

DEUXIÈME PARTIE

UN TRANSATLANTIQUE AÉRIEN

I

UNE NOUVELLE SENSATIONNELLE

Le 16 janvier 1913, un grand quotidien parisien du soir publiait l'article suivant :

On nous télégraphie d'Etampes qu'hier matin, vers 7 heures, un aéroplane d'un nouveau type dont les essais, extrêmement intéressants, avaient été suivis avec curiosité par tous ceux qui fréquentent l'aérodrome, s'est envolé pour une destination qu'on ignore. A 4 heures du soir, cet aéroplane n'avait pas encore réintégré son hangar, dont le gardien, contrairement à son habitude, était parti presque immédiatement après l'envolée de l'appareil.

Les rares curieux qui, vu l'heure matinale, ont assisté au départ de cet aéroplane l'ont vu se diriger vers l'Ouest. De plus, ils ont distingué nettement sous son fuselage des dispositifs ressemblant à des flotteurs. Toutes ces circonstances font qu'on croit ici que les aviateurs dont il s'agit, MM. Dubois et Régnier, sont partis en vue de tenter une randonnée sans précédent, qui ne peut être que la traversée d'une mer importante.

Le même jour, on lisait dans la *Dépêche de Brest* :

Quimper, 15 janvier.

Ce matin, vers 9 h. 1/2, un aéroplane monté par deux passagers a atterri à proximité de notre ville. Cet aéroplane est absolument différent de tout ce qu'on a vu jusqu'à ce jour tant par ses dimensions extraordinaires que par la construction de ses ailes, entièrement métalliques, et disposées obliquement dans le sens horizontal, en forme de V très ouvert. De plus, entre les roues d'atterrissage sont disposés deux flotteurs.

Les aviateurs ont pris à Quimper plus de 300 litres d'essence. Questionné, l'un d'entre eux a répondu qu'il s'agissait d'un nouvel hydro-aéroplane dont ils allaient faire l'essai au-dessus de l'Océan. L'appareil a repris l'air vers midi, se dirigeant droit sur l'Ouest. Un détail : entre les deux ailes, au-dessus du fuselage, il porte un assez grand pavillon tricolore.

Les formes et les dimensions extraordinaires de cet aéroplane, l'énorme approvisionnement d'essence dont les passagers sont munis, le dispositif des flotteurs, tout cela fait que le bruit court ici que les aviateurs en question ont pour but de tenter la traversée aérienne de l'Atlantique.

Aucun d'eux n'a donné son nom. Ils semblaient venir de la direction de Paris.

Ces deux notes frappèrent les esprits par leur simultanéité. Deux grands quotidiens du matin les publièrent en en établissant le rapprochement qui s'imposait, en même temps qu'ils envoyaient des correspondants spéciaux à Etampes et à Quimper.

Le même jour, d'ailleurs, le bruit se répandait à Brest, puis à Quimper, que la veille, dans l'après-midi, plusieurs grandes barques de pêche et un caboteur avaient vu respectivement à 200 et 150 kilomètres de la côte un grand aéroplane voler droit sur l'Ouest à faible hauteur.

Le soir du 18, le paquebot la *Louisiane* arrivait au Havre, venant de New-Orléans. Or, en mer, la *Louisiane* avait été avisée par la *Lorraine*, partie du Havre le 14 et se rendant à New-York, que ce dernier transatlantique avait été dépassé le 16, dans l'après-midi, par un grand aéroplane français, à marche extrêmement rapide, qui avait disparu dans l'Ouest ; la rencontre avait eu lieu approximativement par 14° de longitude Ouest et 48° de latitude Nord.

Puis, les jours qui suivirent, on eut sur les deux continents la confirmation définitive de l'extraordinaire tentative. Au

Havre, à Brest, à Liverpool, à New-York, des radiotélégrammes ou des vapeurs signalèrent successivement l'apparition de l'aéroplane français au-dessus de l'Atlantique.

Le 16, dans l'après-midi, le transatlantique monstre *Lusitania*, allant à New-York, l'avait vu dans les environs du 45° de latitude et 28° de longitude. Le paquebot *France* l'avait rencontré le même soir, sous la même latitude, mais par 24°35' de longitude, ainsi que le vapeur *Paul-Pax*, de New-York, qui se rendait à Calais.

Le lendemain matin, l'aéroplane français fut aperçu dans les environs du 46° de latitude et entre les 40° et 45° de longitude par les vapeurs *Dahlia*, allant de Newport au Havre, et *Glynn*, allant de Liverpool à Newport.

Il fut signalé la dernière fois le 17, par le *Harsley*, allant du Havre à Newport, vers les 46° de latitude et de longitude. Le *Horsley*, grand vapeur muni du sans-fil, avait pu télégraphier à Boston dans la soirée du 17 que la neige tombait depuis le matin à cette latitude, et qu'il n'avait pu distinguer l'aéroplane que parce que celui-ci volait assez bas sur l'eau.

Partout, la nouvelle de cette téméraire randonnée provoqua une émotion extraordinaire. La multiplicité des témoignages ne permettait pas de croire qu'il s'agissait d'un « canard » ou d'un bluff. Il existait bel et bien des audacieux — des Français, reconnaissables à leur pavillon, — [illegible] le dessein de [illegible] l'Atlantique en aéroplane, et de tenter cette traversée avec chance de succès, puisque, partis du continent, on signalait déjà leur passage à plus de [illegible] kilomètres des côtes françaises. Et personne ne doutait qu'il ne s'agît de l'aéroplane nouveau type dont le départ avait été signalé d'Étampes et le passage de Quimper dans la journée du [illegible]

Pendant deux jours, les journaux des deux continents ne parlèrent que des hardis aviateurs et de leur appareil. En France, surtout, l'émotion était énorme ; on était fier de ces audacieux qui, simplement, sans réclame et sans bruit, avec mystère même, risquaient leur vie dans une entreprise sans précédent, [illegible] réussissait, allait faire faire à l'aviation un pas de [illegible]

Aussi l'inquiétude fut-elle grande quand la journée du 18 se passa sans nouvelles de l'aéroplane, qu'un journal avait nommé « le premier transatlantique aérien ». On avait calculé, en effet, que les aviateurs auraient dû aborder la côte américaine, entre Boston et Newport, dans la soirée du 18. On pensa qu'ils avaient voulu éviter d'atterrir dans l'obscurité, et qu'ils avaient préféré passer la nuit sur la mer.

Mais le silence se prolongea le 19 ; et le 20, l'inquiétude se transforma en consternation. On ne pouvait douter que cette tentative audacieuse n'ait abouti à une catastrophe. Le 18 et le 19, en effet, un grain suivi de bourrasques assez violentes, avait régné sur l'Atlantique. Et il fallait admettre qu'une avarie avait dû immobiliser l'appareil qui, obligé de se poser sur les flots, n'avait pu résister à la grosse mer, malgré ses flotteurs, et avait été détruit et submergé par la tempête avec ses passagers.

Pourtant, malgré tout, quelques optimistes tenaces voulaient douter encore de l'échec d'une tentative si audacieuse, ils disaient si française. Ils admettaient la possibilité de l'avarie, mais persistaient à croire que, grâce à ses flotteurs, l'aéroplane s'était maintenu sur les flots, et qu'il dérivait à l'aventure dans les environs du 50° de longitude, à quelques centaines de kilomètres des côtes américaines.

Le 21 au matin, on apprenait que trois contre-torpilleurs, filant 28 nœuds, étaient envoyés de Brest pour explorer l'Océan, et que deux croiseurs américains à grande vitesse étaient partis de Long-Island dans le même but.

Les journaux français voulaient espérer quand même. La presse anglaise et le *New-York-Herald* se montraient plus pessimistes, mais rendaient néanmoins hommage au courage et à l'audace des deux aviateurs français.

Qu'il échoue ou qu'il réussisse, imprimait ce dernier journal, ce raid aérien n'en restera pas moins sensationnel, et prouve qu'une fois de plus la France a fait faire un pas immense à l'aviation, puisque incontestablement plus de 4 000 kilomètres ont été franchis sans ravitaillement par deux aviateurs livrés à eux-mêmes au-dessus des immensités océaniques. Quel que soit le résultat de cette tentative, les Français ont le droit d'en être fiers.

La presse allemande, elle, gardait un silence significatif. Toutefois, le 21, la *Gazette de Cologne* publiait un article qui produisit une impression détestable.

Une fois de plus, disait la *Gazette*, la jactance des Français reçoit une rude leçon. On connaît l'engouement ridicule de nos voisins pour l'aviation, dont ils espèrent tant pour la rectification du traité de Francfort. Pour prouver à la fois l'excellence de leur matériel et leur supériorité comme pilotes, les officiers français n'hésitent pas journellement à se faire casser la figure (*sic*). Mieux vaudrait un peu moins de vanité et un peu plus d'organisation et de prudence.

Aujourd'hui, deux Français viennent encore de s'embarquer comme des étourneaux dans une aventure insensée. En secret, sans préparation, n'ayant même pas l'élémentaire prudence de se faire convoyer par un échelon de bateaux à marche rapide, ils ont tenté la traversée de l'Atlantique, soit 5 à 6 000 kilomètres à franchir au-dessus des immensités de l'Océan, et cela livrés à leurs propres forces.

Le résultat de cette imprudence et d'un pareil manque d'organisation — ce qui est un défaut bien français, — c'est que nos voisins, après avoir exulté au début, sont maintenant dans la consternation. Depuis deux jours, en effet, on est sans nouvelles des deux imprudents. Il est certain qu'ils ont payé de leur vie leur témérité, et que l'épreuve où la science française devait bouleverser le monde finit dans un lamentable fiasco.

Cet article provoqua une indignation générale, non seulement en France, mais en Europe et surtout en Angleterre.

Nul doute que la lourde et mesquine méchanceté de l'organe germanique n'eût été relevée vertement par l'unanimité de la presse européenne, si un événement sur lequel personne n'osait plus compter ne s'était chargé de la plus irréfutable et de la plus triomphale des réponses.

En effet, dans la soirée du 22 janvier, une dépêche de Newport (Rhode-Island) parvenait à New-York, et de là à Paris, provoquant partout une émotion qui confinait au délire. Cette dépêche disait :

Un grand aéroplane portant le pavillon français, et venant de l'Océan, est passé au-dessus de la baie du Cap Cad. Il vient de survoler sans atterrir New-Bedfort et Newport, et semble se diriger sur New-York en suivant la côte, par New-London et New-Haven. Il ne peut s'agir évidemment que de l'aéroplane parti de France en vue de traverser l'Atlantique, et qu'on avait considéré comme perdu. Son pavillon, ses ailes obliques et ses flotteurs, qu'on a aperçus distinctement, ne laissent aucun doute à cet égard. Sa vitesse est très grande, et il tient l'air d'une façon splendide.

II

DROIT SUR NEW-YORK

Dès qu'ils se virent en pleine mer, l'ingénieur et Sans-Patience tinrent conseil, quant à la route à suivre.

— Maintenant, dit l'ingénieur, il ne s'agit pas de perdre le Nord, au propre comme au figuré. Il est entendu que nous devons atteindre le continent américain. Mais avez-vous une préférence pour tel ou tel point d'atterrissage ?

— Est-ce que ce détail a de l'importance ?

— Fichtre oui ! Voilà une question qui me prouve que vous ne serez jamais qu'un géographe de pacotille. Ce détail qui vous semble négligeable se traduit tout simplement par environ 1 100 kilomètres à faire en plus ou en moins au-dessus de la mer.

— Tant que cela ?

— Certainement. Imaginez que nous suivions sans dévier une ligne allant directement de l'Est à l'Ouest et partant du Finistère. Nous arriverions droit à Terre-Neuve. Or, en longitude, Terre-Neuve est à environ 10° plus à l'Est que New-York.

— Oui, mais c'est une île.

— Et puis après ? On peut y atterrir pour se reposer et repartir après, soit au Labrador pour gagner New-York par terre, soit aller directement à New-York par air. Je crois qu'ainsi le voyage serait plus long en somme, mais ce serait 1 200 kilomètres de moins à faire au-dessus des flots.

— Très bien. Mais tout mauvais géographe que je sois, il

me semble qu'en piquant droit sur Terre-Neuve, nous ne nous trouvons pas sur la route habituelle des navires ?

— Non.

— Et qu'à peu de chose près, nous suivons cette route en ayant New-York comme objectif ?

— Oui ; à l'estime, nous allons rejoindre ce soir la route habituellement suivie par les transatlantiques.

— Et comptez-vous, à votre tour, ce détail comme négligeable ?

— Ma foi ! répondit l'ingénieur après avoir réfléchi un instant, il y a du pour et du contre. Aussi je vous laisse le soin de décider de la chose.

— Eh bien ! puisqu'il en est ainsi, piquons droit sur New-York. Cela a toujours été ma première pensée, celle sur laquelle on ne doit jamais revenir, dit-on.

— Marchons pour New-York. Notre route va donc être Ouest-Quart-Sud-Ouest. Évitons surtout de descendre trop au Sud ; mieux vaut se tromper en moins qu'en plus dans cette direction.

Il y eut un instant de silence, pendant lequel les deux hommes écoutèrent le bruissement de l'hélice et le ronronnement du moteur, de ce moteur qui était l'âme de leur appareil.

— A quelle vitesse volons-nous ? demanda Sans-Patience.

— Il est difficile de le savoir exactement. Le moteur doit nous donner une vitesse de 100 kilomètres à l'heure, mais le vent nous aide, et nous ne devons pas être loin de faire du 130.

— Alors, vous ne poussez pas votre moteur à fond ?

— A quoi bon ? Nous pourrions peut-être atteindre 180 kilomètres à l'heure ; mais la consommation de carburant serait hors de proportion avec le résultat. Et puis, de telles vitesses fatiguent l'appareil. Soyons prudents. Qui veut voyager loin ménage sa monture.

L'ingénieur était décidément la sagesse même. Et Sans-Patience s'applaudissait toujours davantage d'avoir découvert un si précieux collaborateur.

— En admettant que cette vitesse se maintienne, demanda-t-il encore, [illegible] New-York ?

— Entre le Finistère et New-York, répondit l'ingénieur, la distance doit être approximativement de 5 300 kilomètres. Le calcul est facile à faire. Nous arriverions après-demain matin.

— C'est donc deux nuits que nous serons obligés de passer dans l'atmosphère ?

— Oui.

— Ça ne va pas être drôle, vous savez, de se trouver seuls dans l'obscurité, avec l'Océan sous ses pieds..... Il sera sans doute nécessaire de nous relayer au volant, afin que nous puissions dormir à tour de rôle ?

— J'y compte bien. Vous me reprendrez tout à l'heure, lorsqu'il fera jour encore, afin que vous soyez familiarisé avant la nuit. Vous prendrez ainsi le premier quart jusqu'à minuit, heure à laquelle je vous remplacerai. D'ailleurs, le rôle n'a rien de fatigant, et, au-dessus de la mer, un enfant s'en chargerait, puisqu'il n'y a à évoluer ni en direction ni en hauteur. Que ce vent continue, et tout ira bien, d'autant plus que c'est le vent du beau temps.

— Continuera-t-il ?

— C'est ce que nous ne pouvons savoir.

— Mais ne règne-t-il pas sur l'Océan des vents réguliers ?

— Pas sous cette latitude. Vous voulez sans doute parler des alisés et des moussons. Mais ceux-ci, dans l'Atlantique comme dans le Pacifique, ne règnent guère qu'entre les deux tropiques. Par ici, c'est le régime dit des vents variables.

Sous leurs pieds, l'Océan étendait à perte de vue ses petits moutonnements glauques. Au-dessus d'eux, le ciel était d'un azur sombre. Pas un nuage. Et le soleil, déjà bas sur l'horizon, mettait des paillettes étincelantes sur le tournoiement régulier de l'hélice.

Il était 3 h. 1/2 quand ils rencontrèrent le premier gros navire. C'était un grand paquebot battant pavillon français ; comme eux, il faisait route à l'Ouest.

— Ce qui nous prouve que nous suivons le bon chemin, dit l'ingénieur. C'est certainement un transatlantique de la ligne Le Havre-New-York.

Sans y prendre garde, ils avaient gagné 300 mètres

de hauteur. Néanmoins, sa jumelle aux yeux, Sans-Patience put voir nettement les passagers groupés sur le pont, et faisant des gestes d'acclamation. Mais comme leur vitesse était quadruple de celle du paquebot, celui-ci fut rapidement distancé. Deux minutes après, le navire n'était plus qu'un point derrière eux. Que devaient penser les passagers en voyant l'esquif aérien s'aventurer si audacieusement au-dessus des vastes solitudes océaniques ?

Avant la nuit, ils rencontrèrent encore cinq navires, dont deux grands voiliers. Un seul d'entre eux cinglait vers l'Est ; les autres, eux aussi, voguaient vers le continent américain.

Puis le soleil, devant eux, atteignit l'horizon liquide, et lentement, sembla s'y engloutir.

Les deux aviateurs avaient déjà changé de place, avec les précautions qui s'imposaient pour ne pas déséquilibrer l'appareil, et c'était maintenant Sans-Patience qui se trouvait au volant. Les leçons qu'il avait prises à Étampes avec l'ingénieur l'avaient familiarisé avec la conduite, d'ailleurs très simple, du nouvel appareil. Aussi, au bout de quelques minutes, était-il aussi à son aise que possible à son poste de direction.

Avant la tombée complète de la nuit, l'ingénieur vérifia soigneusement tous les organes qui se trouvaient à sa portée. Le moteur ronflait avec une satisfaisante régularité, le graissage se faisait normalement, la hauteur de l'essence avait à peine diminué d'un quart, et ni les ailes ni le fuselage n'offraient à l'œil aucune trace de fatigue. Tout allait donc pour le mieux.

Bientôt, à l'horizon, il n'y eut plus devant eux qu'un immense rougeoiement qui peu à peu s'éteignit. Au-dessus de leur tête les étoiles s'allumèrent une à une, et le crépuscule finit par faire place à la nuit.....

III

LA PREMIÈRE PANNE

L'ingénieur avait allumé une lampe, vulgairement alimentée de pétrole, mais munie d'un puissant réflecteur et disposée de telle sorte qu'elle éclairait la boussole et tous les autres instruments indicateurs. Grâce à cette clarté, on pouvait même nettement lire une carte disposée sur les genoux de l'observateur.

Mais de carte, il n'en était pas besoin, du moins pour l'instant. La boussole suffisait. Une erreur d'un ou deux degrés en direction n'avait en effet qu'une importance relative, puisque de toute façon on était sûr de ne pas manquer le continent américain en allant vers l'Ouest.

Les premiers instants passés dans l'obscurité furent pénibles. Seuls avec cette lumière projetée par le réflecteur et qui faisait paraître plus noire encore l'ombre ambiante, les deux hommes avaient l'impression de ne plus avancer, et de planer immobiles dans la nuit, suspendus entre le ciel et l'Océan. Dans cette immensité obscure, la conscience de leur faiblesse les écrasait d'une sensation d'impuissance. C'était l'angoisse de l'infini et de l'inconnu, quelque chose de tout-puissant et d'indéfinissable qui, un instant, fit vaciller leurs âmes sous le souffle tragique de l'effroi.

Mais tous deux secouèrent bientôt cette sensation déprimante.

— Bah ! dit l'ingénieur.

— Et puis, après ? cria Sans-Patience, qui, les sourcils froncés, parut vouloir se faire une scène à lui-même.

Et ils se regardèrent à la lueur du fanal, confiants et déjà tranquillisés.

— Je propose qu'on mange ! continua l'ingénieur.

— Et qu'on boive ! ajouta Sans-Patience.

Avec précaution, l'ingénieur atteignit dans la manne d'osier où étaient renfermées les provisions une boîte de sardines qui accompagnaient du pain, un morceau de veau froid et du saucisson. Ces comestibles démocratiques furent mangés sur le pouce avec beaucoup d'appétit. Sans-Patience était le plus gêné, car il ne pouvait guère quitter son volant que d'une main ; mais son ami lui taillait les bouchées, de sorte qu'il n'y perdait guère. Ce repas froid fut arrosé de deux verres de vieux bordeaux. Ensuite de quoi, les deux hommes humèrent quelques gouttes de vieux rhum et allumèrent, l'ingénieur un cigare, et Sans-Patience sa pipe.

— Ma foi ! déclara alors celui-ci, n'était cette obscurité, je ne me plaindrais pas trop. Vraiment, jusqu'à présent, ça marche, si j'ose dire, comme sur des roulettes.

— Le fait est, dit à son tour l'ingénieur, que nous n'avons pas à nous plaindre. Voilà exactement six heures que nous sommes en route — j'entends depuis notre départ de Quimper — et nous devons avoir fait près de 800 kilomètres. Encore six fois autant, et nous ne serons pas loin de New-York.

Comme il parlait ainsi, et sans cause apparente, le moteur ralentit ; le tournoiement de l'hélice devint de moins en moins rapide, puis s'arrêta tout à fait : c'était la panne.

Avec beaucoup de sang-froid, l'ingénieur se pencha, et prenant le volant des mains de Sans-Patience, fit légèrement piquer du nez à l'appareil pour préparer la descente en vol plané. Déjà, l'aéroplane descendait, on ne voyait pas où, on ne savait pas de quelle hauteur. Et cette descente inopinée dans les ténèbres, en plein Océan, avait quelque chose d'angoissant. Enfin, après une minute qui leur sembla un siècle, les aviateurs virent sous eux une sombre surface miroitante, puis presque aussitôt ressentirent un léger choc accompagné d'un rejaillissement liquide autour d'eux.

Et, soutenu par ses flotteurs, l'aéroplane se mit à danser doucement sur la houle, comme un frêle navire ancré dans la nuit au milieu de l'immensité.

Tout de suite, Sans-Patience regarda alors l'ingénieur. Instinctivement, il sentait ce caractère supérieur au sien, sinon par l'énergie, du moins par le sang-froid et la présence d'esprit. Et à la clarté du réflecteur, il vit sur le visage de son ami un calme qui le rassura.

— Eh bien ? interrogea-t-il.

— C'est la panne, répondit simplement l'ingénieur. Ça peut ne pas être grand'chose comme ça peut être grave. Ce qu'il y a de certain, c'est que nous allons être obligés d'attendre jusqu'à demain matin avant d'y voir clair. Résultat : douze heures de perdues...

— Alors, nous ne pouvons rien faire avant demain matin ?

— Rien. Pour ausculter un moteur, il faut y voir.

— De sorte que nous allons être obligés de rester là toute la nuit ? La perspective manque de charme !.....

— Que voulez-vous que j'y fasse ? Le meilleur est d'en prendre son parti, et de profiter de l'occasion pour prendre des forces en dormant.

— En dormant ! s'écria Sans-Patience.

— Et pourquoi pas ?

— Mais ne sommes-nous pas sur la route des transatlantiques ?

— A peu près.

— Songez alors que d'un moment à l'autre, nous pouvons être abordés et culbutés par un de ces mastodontes !.....

— Comme nous n'y pouvons rien, puisque nous n'avons aucun moyen de nous mouvoir, même sur l'eau, il vaut mieux n'y pas penser. Pour ma part, je sens que j'ai sommeil et je vais dormir.

Et Sans-Patience, rendu furibond par ce flegme, vit l'ingénieur disposer ses fourrures avec soin et appuyer la tête sur son siège en homme qui se propose de tirer le meilleur parti possible d'un siège d'aéroplane en guise de couche.

Pendant cinq minutes, l'irritable Verdunois se répandit en imprécations et en trépignements. Quand, épuisé, il se calma, il fut stupéfait en constatant que l'ingénieur dormait déjà.

Après s'être fait intérieurement des reproches véhéments, suivant son habitude après chacun de ses emportements, Sans-Patience essaya d'imiter cet exemple. Lui aussi se fit de ses fourrures un abri contre le froid assez vif de la nuit, ainsi qu'un confortable oreiller. Mais il ne put dormir.

Il eut conscience d'être resté des heures ainsi, balancé par la houle légère, en écoutant le flot clapoter doucement contre les flotteurs. Depuis que l'ingénieur dormait, il se sentait comme seul, perdu, naufragé de l'air, au milieu de l'immense solitude obscure. Malgré lui, une inquiétude profonde le tenaillait. N'avait-il pas eu tort de tenter cette audacieuse traversée, et surtout d'entraîner un compagnon dans la téméraire aventure ?

Il ne voyait devant lui que la frêle clarté du réflecteur, et, au-dessus de sa tête, la lumière sereine des étoiles. Il ne faisait pas de vent. Le froid piquait. Il entendait à côté de lui la respiration égale de l'ingénieur. Et, remuant des pensées angoissées, longtemps Sans-Patience resta éveillé, se penchant quelquefois au-dessus de l'eau qu'il distinguait à peine, et tendant l'oreille pour écouter s'il n'entendait pas au loin le mugissement d'un de ces grands navires qui passent dans la nuit comme la foudre..... Puis il finit par s'endormir d'un sommeil agité et peuplé de cauchemars.....

IV

EN PLEIN OCÉAN

Quand Sans-Patience se réveilla, il se sentit glacé.

Il faisait jour, et le soleil commençait à surgir du liquide horizon comme un globe de feu. Un vent froid venait de se lever, mais le ciel était toujours bleu.

Et Sans-Patience vit devant lui l'ingénieur accroupi sur l'avant, près du moteur, entouré d'outils de toutes sortes.

— Bonjour ! lui cria celui-ci gaiement.

— Bonjour ! répondit Sans-Patience sur le même ton.

Et il ajouta :

— Vous êtes gai; j'en conclus que la panne n'est pas sérieuse.

— Rien de plus bête, mon cher : simplement un fil d'allumage coupé.

Et l'ingénieur, se relevant, ramassa ses outils.

— Alors, nous allons partir ?

— Sans doute. Nous avons déjà perdu trop de temps. Et puis, je ne sais pas si vous êtes comme moi, je suis transi. J'ai hâte de voir mon moteur fonctionner pour pouvoir réchauffer mes pauvres pieds.

De fait, le thermomètre marquait 7° au-dessous de zéro.

Pendant que Sans-Patience se levait et esquissait deux ou trois petits pas sur l'étroit espace pour secouer son engourdissement, l'ingénieur s'installait au volant.

— Êtes-vous sûr que nous allons pouvoir nous envoler ? lui demanda son compagnon.

— Pourquoi ne le pourrions-nous pas ?

— Dame, le contact de l'eau a dû alourdir nos flotteurs ; et puis, il va y avoir à vaincre l'adhérence des molécules liquides.

L'ingénieur sourit.

— Vous allez voir ! se contenta-t-il de dire.

Il mit le contact. Et ce fut avec joie que Sans-Patience entendit de nouveau le bruit du moteur, qui lui sembla la plus délicieuse des musiques. L'hélice s'ébranla d'abord lentement, puis de plus en plus vite, et l'appareil glissa sur l'eau avec une rapidité toujours accrue. Et brusquement, ce fut l'envolée vers le ciel, l'avant relevé, les grandes ailes frémissantes étendues dans la froide mais belle aurore.

L'ingénieur atteignit ainsi 100 mètres de haut, puis, au grand étonnement de son compagnon, il décrivit en virant un quart de cercle.

— Comment, vous retournez ? s'écria Sans-Patience.

— C'est que vous n'avez pas remarqué que nous avons dérivé pendant la nuit. Regardez plutôt le [illegible].

Et l'ingénieur expliqua que la veille, l'aéroplane avait dû se poser sur la plus petite des branches du Gulf-Stream, dite branche de Rennel, et qu'il en était certainement résulté une dérive de 30 ou 40 kilomètres à l'Est.

— Vous voyez, conclut-il, qu'il faut s'attendre à tout dans une randonnée comme celle-là.

On déjeuna de bon appétit. Reposés par une nuit de sommeil, réconfortés par leur repas, les pieds de nouveau au chaud, grâce à la chaufferette copieusement approvisionnée en calories par le moteur, les deux amis, et surtout Sans-Patience, en vinrent à envisager de nouveau leur voyage avec confiance.

— Tout de même, remarqua l'ingénieur, je crains d'avoir été imprudent en n'emportant pas les instruments nécessaires pour faire le point. J'ai cru la boussole suffisante, en quoi j'ai eu tort. Je n'avais pas prévu, en cas de descente sur l'eau, la possibilité d'une dérive. Ce qui vient de nous arriver est, il est vrai, sans importance, car à cet endroit, la branche de Rennel suit une direction presque parallèle à la nôtre. Mais supposez qu'une autre panne nous arrive à 1 000 kilomètres d'ici, dans les environs du 40° degré de longitude, et nous sommes véhiculés par la source même du Gulf-Stream, en courant la chance d'être rejetés, soit vers le Nord-Est, soit vers le Sud, et dans tous les cas hors d'état de pouvoir savoir où nous sommes.

— Bah ! dit Sans-Patience ; le moteur, si j'ose dire, ronfle comme un ange. Nous n'aurons plus d'anicroches. L'essentiel, c'est que vous soyez présentement sûr que notre direction reste bonne.

— Oh ! quant à cela, j'en suis certain. Quand la panne nous est arrivée, nous avions progressé de 8 à 900 kilomètres vers l'Ouest-Quart-Sud-Est ; nous sommes tombés en plein dans le courant de Rennel, j'en jurerais. Donc, nous n'avons pas dévié de notre route.

— Encore un renseignement : vous ne pouvez donc évaluer qu'approximativement le trajet parcouru ?

— Oui. Vous allez comprendre pourquoi. Nous n'avons pour cela que l'instrument que vous voyez là, et qui inscrit automatiquement le nombre de tours d'hélice. Si nous volions par temps calme, nous pourrions dire avec certitude que ce nombre de tours correspond à un rendement de tant de kilomètres. Mais ce rendement croît quand on a le vent arrière, et diminue, au contraire, quand on a le vent debout ; il ne peut donc être évalué qu'approximativement. Pour l'instant, comme le vent qui règne est le même que celui d'hier, je me base pour évaluer le trajet parcouru sur le rendement de notre appareil quand nous avons été d'Etampes à Quimper, distance facilement contrôlable.

La matinée se passa sans incident. On ne rencontra qu'un grand vapeur, dont Sans-Patience ne put distinguer le pavillon, et qui, lui aussi, faisait route vers l'Ouest, mais plus au Sud que l'aéroplane. Ce qui fit dire au Verdunois :

— Est-ce que nous avons déraillé ?

— Pourquoi ? répondit l'ingénieur. Tous les navires qui traversent l'Atlantique ne vont pas forcément à New-York. Celui-ci est un bateau de commerce qui se rend sans doute aux Antilles ou à Panama.

A midi, l'ingénieur estima à près de 1 600 kilomètres la distance parcourue. Il leur restait donc un peu plus de 900 lieues à faire.

— Une misère ! plaisanta Sans-Patience ; ce n'est pas la peine d'en parler.

Dans l'après-midi, ils rencontrèrent encore plusieurs navires, dont un grand paquebot battant pavillon anglais qui suivait une direction presque parallèle à la leur. L'ingénieur pensa que ce devait être un de ces transatlantiques géants, grands comme des villes et capables de contenir 4 ou 5 000 passagers, l'*Olympic* ou le *Lusitania*, frères aînés de l'infortuné *Titanic*, qui avait trouvé, l'année d'avant, une fin si tragique à 1 000 kilomètres de là.....

— Allons, conclut-il, si nous arrivons intacts, ce qu'il faut espérer, notre randonnée aérienne aura eu des témoins et des contrôleurs.

Le temps se maintenait au beau. Toutefois, le vent fraîchissait, car, sous leurs pieds, la houle se faisait plus forte et de petits nuages blancs couraient rapidement dans le ciel. Le thermomètre marquait encore 4° au-dessous de zéro. L'ingénieur regardait souvent au-dessus et au-dessous de lui, mais il ne dit rien. Grâce à leurs fourrures et à leur chaufferette, les voyageurs ne souffraient pas du tout du froid.

Vers 5 h. 1/2, le soleil atteignit l'horizon devant eux, et disparut lentement au milieu d'un immense rougeoiment. Une heure plus tard, c'était de nouveau l'obscurité inquiétante, à laquelle les hardis voyageurs s'accoutumèrent toutefois plus rapidement que la veille. La lampe à réflecteur avait été allumée, une dizaine de bidons d'essence vidés dans le réservoir, et, en proie malgré eux à l'indéfinissable angoisse de la nuit et de l'immensité, les deux aviateurs poursuivirent leur voyage dans le noir, ne voyant rien que de rares étoiles, et n'entendant d'autre bruit que le ronronnement du moteur rythmé par le sourd murmure de l'Océan.

. . . .

V

LA NEIGE

A 7 heures, les voyageurs aériens firent de nouveau un emprunt à leurs provisions. Puis l'ingénieur remplaça Sans-Patience au volant. Il tenait à faire le premier « quart » de nuit, et devait réveiller son ami à 1 heure du matin. Il estimait alors la distance parcourue à 2 500 kilomètres, près de la moitié de l'immense trajet.

Sans le dire, Sans-Patience était brisé de fatigue. Il s'endormit donc tout de suite, après s'être arrangé du mieux qu'il pouvait du siège inconfortable qui lui servait de couche.

Quand, à 1 heure du matin, l'ingénieur l'éveilla, il se sentait plus dispos, quoique un peu courbaturé. Sur le conseil de son ami, il se fit chauffer une tasse de café sur un fourneau improvisé qui n'était autre que le moteur, et l'absorption du liquide brûlant le réveilla tout à fait. Puis il prit le volant, pendant que l'ingénieur, écrasé de fatigue, lui aussi, s'installait pour dormir.

Le reste de la nuit s'écoula ainsi, lente et monotone. Il sembla à Sans-Patience que le vent était diminué, et qu'il faisait moins froid. De fait, le thermomètre ne marquait que 4° au-dessous de zéro. Au ciel, il ne voyait plus d'étoiles ; le temps devait être couvert. Le moteur ronflait toujours régulièrement, et son ronronnement puissant et doux semblait avoir l'harmonie d'une chanson.

Deux ou trois fois, Sans-Patience crut voir sous lui, ou à quelque distance, de minces lumières errantes qui devaient être les feux de position de navires. Et seul dans la nuit, il songeait, avec, de temps à autre, un coup d'œil machinal sur les instruments ; son rêve allait loin derrière lui, vers ce Paris dont des milliers de kilomètres le séparaient déjà, et où, angoissée, attendait une jeune fille simple et belle dont il avait entraîné le frère dans une redoutable aventure.

— Comme elle me maudirait, pensait-il, si nous succombions tous les deux !

Mais il rejetait vite les funèbres pronostics. Plus de la moitié du chemin était faite : pourquoi n'arriverait-on pas ?

Lentes, les heures s'écoulèrent ainsi. Puis, comme derrière eux, l'aube blanchissait dans un ciel de brume, l'ingénieur s'éveilla. Tout de suite, il regarda le ciel, qu'il vit gris et couvert, puis le thermomètre qui marquait 2° au-dessous de zéro. Et ses sourcils eurent une imperceptible contraction ; pourtant il ne dit rien.

— Bien dormi ? interrogea Sans-Patience, réconforté de ne plus se sentir seul.

— Très bien ! répondit l'ingénieur. Une tasse de café, hein ?

La boisson brûlante fut ingurgitée avec délices, puis l'ingénieur prit place au volant, pendant que son compagnon se détirait et se dégourdissait les jambes sur l'étroite plate-forme. Cette obligation où l'on était de rester immobile dans un étroit espace devenait à la longue un véritable supplice.

L'ingénieur estima qu'on avait fait près de 4 000 kilomètres ; il en restait donc de 13 à 1 500.

— Et dire, ajouta-t-il, que nous devrions être en vue de New-York, si cette panne absurde ne nous avait pas fait perdre douze heures !

— Bah ! dit Sans-Patience, le plus fort est fait.

L'ingénieur secoua la tête.

— Nous n'y sommes pas encore, répondit-il.

Sans-Patience remarqua son air préoccupé. Il demanda :

— Vous craignez quelque chose ? Une panne ? Une tempête ?

— Autre chose. Mais je puis me tromper. Attendons.....

Une heure s'écoula ainsi ; le ciel, de nuageux, était devenu uniformément gris. Le vent semblait presque tombé, car les flots moutonnaient à peine. On sentait que sur l'Océan ce devait être le calme. Sous eux, un vapeur passa, se dirigeant vers l'Ouest.

Vers 8 h. 1/2, quelques flocons blancs commencèrent à descendre lentement du ciel livide, à peine obliques. Puis ils se multiplièrent, et bientôt les aviateurs semblèrent voler au milieu d'un horizon strié de blancheurs.

— Voilà ce que je craignais, dit l'ingénieur. Vous avez dû,

sans vous en apercevoir, dérailler pendant la nuit, et vous élever au Nord d'un ou deux degrés. Il est rare que la neige tombe au-dessus de l'Océan, sous la latitude que nous devrions avoir atteinte.

— Mais alors, le continent serait plus rapproché de nous ?

— Evidemment. Mais la neige va nous arrêter.

Et comme Sans-Patience le regardait avec étonnement :

— Vous allez comprendre, continua l'ingénieur. Imaginez que cette neige tombe des heures et des heures, ce qui est possible. Elle va s'accumuler sur nos ailes et nous surcharger de telle sorte que nous ne pourrons plus tenir l'air.

Sans-Patience poussa une exclamation : il venait de comprendre.

— Car nos ailes représentent, ne l'oubliez pas, près de 75 mètres carrés de superficie. Mettez 10 kilos de neige par mètre, cela nous fait une surcharge totale de plus de 700 kilos. Or, tant en essence qu'en huile, nous nous sommes allégés d'environ 500 kilos depuis le départ ; il resterait donc 200 kilos de surcharge, sous laquelle notre appareil ne serait absolument pas maniable.

— Et vous pensez vraiment que nous avons « déraillé » vers le Nord, comme vous dites ?

— C'est presque certain. Nous devrions être en ce moment dans les environs du 41° ou 42° de latitude Nord, et comme je vous le disais, sous cette latitude, et à cet endroit de l'Océan, les chutes de neige sont rares. Tout me donne à penser qu'en ce moment, nous sommes bien plus haut vers le Nord. Est-ce votre faute, est-ce la mienne ? Voilà ce que nous ne pouvons savoir. Dans tous les cas, le résultat est le même.

— Peut-être en obliquant vers le Sud, aurions-nous chance d'arriver en des parages où la neige ne tombe pas ?

— Peut-être. Mais, en ce cas, nous augmentons, ne l'oubliez pas, la distance qui nous sépare du continent, ainsi que vous pouvez le voir par la configuration de la carte.

— Alors ?

— Alors, mon avis est de piquer, à tous risques, droit sur l'Ouest, tout en augmentant la vitesse afin de faire le plus de chemin possible tant que nous pouvons tenir l'air. Remarquez du reste que la neige peut cesser de tomber ; c'est une chance à courir.

— Décidément, conclut Sans-Patience, tout est imprévu dans ce nouveau mode de locomotion. Jamais je ne me serais douté que notre appareil, que j'ai vu braver la tempête, pouvait être réduit à l'impuissance du fait de ce poétique météore qu'est la neige.....

— Il y a bien d'autres choses, mon cher, dont vous ne vous seriez jamais douté ! dit l'ingénieur, raillant à froid.

Ce qui faillit déchaîner l'humeur redoutable de Sans-Patience, lequel n'avait pas encore eu de crise depuis la veille. C'est ce que fit remarquer l'ingénieur.

— Pour peu que vous passiez encore quinze jours dans les airs, conclut-il sérieusement, vous arriveriez sans peine à atteindre ce résultat auquel vous semblez aspirer avec tant d'ardeur, je me demande pourquoi, par exemple. Car, pour ma part, depuis que je n'entends plus vos hurlements périodiques, il me semble qu'il me manque quelque chose.....

Sans-Patience ne répondit pas. Il paraissait remuer des pensées confuses et absorbantes..... Peut-être songeait-il que tout le monde pouvait ne pas être de l'avis de son ami.

A 11 heures, la neige tombait toujours, droite et drue. L'aéroplane semblait voler dans une mer de ouate. Visiblement, l'appareil était déjà surchargé, car il était descendu insensiblement de 300 à 150 mètres, attitude où il ne se maintenait plus qu'avec peine.

Tout ce qui restait d'essence fut versé dans le réservoir, et les bidons vides jetés à la mer en guise de lest. Le moteur, à sa vitesse maxima, continuait à tourner avec une admirable régularité, et Sans-Patience félicita une fois de plus son créateur. Quel autre moteur, en effet, eût pu résister avec autant d'aisance à une aussi formidable épreuve ?

On déjeuna, puis Sans-Patience voulut remplacer son ami au volant. Mais celui-ci, par prudence, préféra continuer à piloter l'appareil.

— L'aéroplane est déjà énormément surchargé, expliqua-t-il,

et j'ai besoin de toute mon expérience et de toute mon attention pour pouvoir le maintenir. Tant que nous pourrons voler encore, il vaut mieux que je reste au volant.

Quelque temps encore, les navigateurs aériens progressèrent dans l'immensité laiteuse. La neige tombait toujours.

Vers 1 heure, l'appareil ne se maintenait plus qu'avec peine à 50 mètres de hauteur, et l'ingénieur se décida à arrêter. Il eût été imprudent de poursuivre dans ces conditions. L'aéroplane surchargé devait énormément fatiguer, et déjà sa vitesse diminuait. De plus, puisqu'il fallait toujours s'arrêter, mieux valait le faire plus tôt que plus tard. L'ingénieur en expliqua la raison à son compagnon.

Les flotteurs avaient été calculés et établis pour pouvoir supporter un poids maximum de 1 200 kilos. Or, si ce maximum, du fait de la surcharge de neige, était dépassé de 3 ou 400 kilos — ce qu'on ne pouvait évaluer, — ces flotteurs seraient submergés, et l'appareil s'enfoncerait dans l'eau de façon anormale. Mais le moteur se trouvant à une distance assez courte au-dessus des flotteurs, il fallait éviter avant tout le brusque contact d'un liquide glacé avec cette masse métallique portée à une température de plusieurs centaines de degrés, car il s'ensuivrait une brusque contraction du métal qui mettrait fatalement le moteur hors d'usage.

— Peut-être, ajouta l'ingénieur avec inquiétude en coupant l'allumage, peut-être avons-nous déjà trop tardé.....

Il manœuvra pour descendre le plus lentement possible, usant sa vitesse restante en décrivant de larges spirales, pour éviter autant que possible qu'au premier contact l'impulsion de la vitesse s'ajoutât à la masse, ce qui aurait eu pour effet d'augmenter la profondeur du plongeon initial.

Il réussit à se poser doucement sur l'eau, et eut la satisfaction de constater qu'il existait encore une vingtaine de centimètres entre la surface liquide et le soubassement du moteur.

— Maintenant, dit-il, tandis que l'aéroplane courait encore doucement sur son erre, comme un bateau qui vient d'arrêter ses hélices, maintenant, il s'agit d'aviser. Il nous reste approximativement 900 kilomètres à faire, peut-être moins, peut-être plus..... Mais la neige tombe toujours, et pour peu qu'elle tombe encore quelques heures, son poids va nous envoyer inévitablement par le fond. Que faut-il faire ?

VI

NOUVEAU DÉPART, NOUVEL ARRÊT

Sans-Patience regarda l'Océan, dont il pouvait toucher la surface en étendant le bras, regarda la vaste nuée de ouate blanche dans laquelle ils se trouvaient, puis regarda son ami.

— Ma foi ! finit-il par dire, pour moi, ce que nous avons à faire est très simple. C'est la neige qui nous immobilise en alourdissant nos ailes. Débarrassons nos ailes et nous pourrons repartir.

— Et comment comptez-vous débarrasser nos ailes de leur blanc fardeau, comme dirait un poète ?

— En montant dessus, parbleu ! Ça n'ira évidemment pas tout seul, mais c'est faisable.

— Combien pesez-vous, mon cher ? demanda l'ingénieur en allumant flegmatiquement un cigare.

— Combien je..... Mais dans les 80 kilos, je crois, répondit Sans-Patience un peu interloqué.

— Bon. Vous allez donc monter sur cette surface convexe et métallique et, partant, fort glissante, ne l'oubliez pas. En admettant que vous puissiez vous maintenir là-dessus, cela ira bien tant que vous resterez à proximité de la naissance des ailes. Mais, au fur et à mesure que vous progresserez vers l'extrémité, vous déplacerez le centre de gravité du système, essentiellement instable, comme vous savez. Lorsque vous serez au bout, calculez l'effet que peut produire le déplacement d'un poids de 80 kilos le long d'un bras de levier de 8 mètres, longueur d'une de nos ailes. Cela se traduit par une inclinaison respectable, qui aura pour résultat obligatoire de vous faire prendre un bain froid.

— Mais vous oubliez que mon poids sera compensé par le poids de la neige que j'aurai enlevée.

L'ingénieur se frappa le front.

— Vous m'y faites penser. *A priori*, une couche de neige d'une épaisseur moyenne de 0m,10 à 0m,15 sur un peu plus de 36 mètres carrés — surface d'une de nos ailes — doit bien donner comme poids dans les 200 kilos. Quand donc vous aurez débarrassé une aile, il restera dessus votre propre poids, soit 80 kilos, tandis que le poids de l'autre aile, toujours encombrée de neige, sera de 200 kilos. D'où rupture d'équilibre non moins inévitable ; seulement, l'inclinaison se produira dans le sens opposé, et vous tomberez de plus haut, voilà tout.

— Diable ! fit Sans-Patience en se grattant le nez, ce qui était chez lui l'indice d'une perplexité profonde.

La neige tombait toujours, et le moteur n'était plus qu'à 0m,15 de l'eau. Tout à coup, le regard du Verdunois s'éclaira.

— Alors, demanda-t-il avec l'accent satisfait et un tantinet railleur d'un homme qui vient de solutionner un grave problème, alors, vous, si industrieux et si avisé, vous ne voyez pas la façon dont nous pourrions procéder ?

L'ingénieur dressa l'oreille.

— Ma foi, non !

— Sincèrement ?

— Très sincèrement.

— Eh bien ! j'ai trouvé, moi. Nous allons escalader chacun une aile, et nous progresserons ensemble vers une des extrémités : de la sorte se compenseront en même temps les poids humains et le poids de la neige.

— Félicitations, mon cher ! dit l'ingénieur après avoir réfléchi quelques secondes. Décidément, ajouta-t-il du ton de raillerie à froid qui lui était coutumier, décidément, je crois qu'on finira par faire quelque chose de vous.....

Sans-Patience eut l'idée de se mettre en colère. Mais il réfléchit qu'il y avait autre chose de plus pressant à faire pour l'instant.

Et puis cette escalade, si malaisée fût-elle, allait lui permettre de se dégourdir un peu. Le fait d'avoir passé plus de deux jours assis, n'ayant pour se mouvoir qu'un espace excessivement restreint sur une machine volante, où tout geste un peu brusque est interdit, suffit pour expliquer cette sorte de fringale de mouvement et d'exercice à laquelle était en proie Sans-Patience.

Sans plus de paroles, tous deux commencèrent donc leur escalade.

Celle-ci, on s'en doute, n'était pas facile. Et puis, l'escalade opérée, il s'agissait de se maintenir sur la surface convexe et unie des ailes, sans une aspérité pour se retenir. Tout cela ne se passa point sans un dangereux roulis, quelque précaution que prirent les deux hommes, chacun de leur côté.

Tous deux durent se résoudre à cheminer à plat ventre, au fur et à mesure qu'à défaut de tout autre instrument, leurs mains gantées de gros gants de fourrure déblayaient l'épaisse couche de neige. De plus, il était nécessaire qu'ils s'avertissent pour régler l'un sur l'autre leur progression, afin d'éviter une rupture d'équilibre suivie d'une inclinaison qui aurait pu avoir de graves conséquences. C'était donc une besogne extrêmement dangereuse, sans compter qu'elle était des plus fatigantes.....

Lorsqu'ils arrivèrent chacun à l'extrémité de leur aile, et qu'ils voulurent rétrograder, ils s'aperçurent que la neige, qui n'avait pas cessé de tomber, couvrait déjà d'une couche de $0^m,02$ ou $0^m,03$ l'espace qu'ils venaient de déblayer avec tant de peine.

— C'est le contraire du tonneau des Danaïdes ! cria Sans-Patience.

— La neige de Lysiphe ! renchérit l'ingénieur, pour ne pas être en reste de mythologie.

Il leur fallut déblayer, en revenant, cette nouvelle surcharge. Cela leur prit environ une demi-heure. Quand, avec l'ensemble qui s'imposait, ils réintégrèrent leurs sièges sans accident, il était 3 h. 1/2. Tous deux étaient rompus de fatigue. Quelques instants de repos leur furent nécessaires. Et même, ils sentirent le besoin d'absorber quelques gorgées de vieux rhum qui les réconfortèrent.

Il était plus de 4 heures quand ils se préparèrent au départ. L'ingénieur mit le contact, et, une fois encore, les aviateurs se sentirent inconsciemment rassurés par le bruit du moteur ; lorsque celui-ci se taisait, en effet, son silence leur faisait éprouver une impression de détresse et d'abandon.

L'hélice s'ébranla, et l'aéroplane commença à courir sur la mer. Il parcourut plus de 100 mètres avant de pouvoir s'envoler. Ce qui contrariait son envolée, c'était non seulement la surcharge de neige nouvellement tombée sur les ailes depuis le déblayement, mais encore la conséquence de cette surcharge qui, faisant enfoncer les flotteurs plus profondément dans la couche liquide, provoquait une résistance considérable à l'avancement. Enfin, l'appareil finit par « décoller », mais l'ingénieur le sentit alourdi et peu maniable. Ce fut avec peine qu'il atteignit un peu d'altitude.

— Si la neige continue, dit Sans-Patience, nous n'irons pas loin !

— Oui, répondit l'ingénieur ; mais regardez le thermomètre.

— Un degré au-dessus de zéro ! s'écria Sans-Patience.

— C'est-à-dire que, d'ici peu, la neige va faire place à la pluie ; ce qui serait très heureux pour nous si, avec la pluie, ne venait pas le vent d'Ouest. Toutefois, pour peu que cela se passe sans grain ou sans bourrasque, nous n'aurons pas encore le droit de nous plaindre.....

Deux heures se passèrent sans que la neige cessât de tomber. L'appareil s'alourdissait de plus en plus. Puis les flocons se firent plus rares, et en levant le visage, Sans-Patience sentit nettement quelques gouttes d'eau.

— Vous êtes prophète, mon cher ! s'écria-t-il, tout de suite rassuré. C'est la pluie ; nous voilà hors d'affaire.

L'ingénieur ne répondit pas. La nuit tombait.

Une demi-heure s'écoula encore. Chose étrange, la neige avait fait place à une petite pluie fine, que le vent qui venait de se lever leur chassait au visage, malgré le pare-brise, et l'appareil semblait toujours s'alourdir.

— Pourtant, la pluie devrait faire fondre la neige sur nos ailes ! dit Sans-Patience, qui ne s'expliquait pas ce phénomène.

— Oui, répondit l'ingénieur, mais comprenez bien : elle ne la fait pas fondre tout de suite ; avant de fondre, au contraire, la neige s'imbibe d'eau, ce qui augmente encore la surcharge.

Et soucieux :

— Nous ferions peut-être mieux d'arrêter tout de suite. Regardez, nous nous maintenons avec peine à 50 mètres. L'appareil fatigue considérablement, d'autant plus qu'à présent nous avons le vent debout.....

— Descendons donc, puisque c'est votre avis. Pendant la nuit, la pluie nous aura débarrassés de cette surcharge.....

L'ingénieur coupa l'allumage et bientôt — pour la troisième fois depuis le départ — l'aéroplane se posa sur la mer, dans laquelle ses flotteurs s'enfoncèrent entièrement.

— Décidément, grommela Sans-Patience, nous avons bien de la peine d'arriver !.....

VII

LA CATASTROPHE

L'Océan était houleux, et cette houle, assez forte, imprimait à l'appareil un roulis des plus désagréables. La nuit était venue. La pluie tombait toujours. Mais, à présent qu'ils étaient au repos, elle n'incommodait plus les aviateurs, à l'abri sous les larges ailes. Il était 7 heures. La lampe à réflecteur fut allumée, puis tous deux se demandèrent si la besogne d'aller de nouveau déblayer les ailes ne s'imposait pas. Mais l'obscurité profonde et le roulis de l'appareil rendaient pour ainsi dire impraticable cette opération, déjà dangereuse en des conditions normales. D'ailleurs, une vingtaine de centimètres séparaient encore le moteur de la surface liquide, et l'ingénieur conclut avec logique que la neige des ailes devant être à présent saturée d'eau, la surcharge ne pouvait plus augmenter.

Tous deux mangèrent donc en hâte, trop fatigués pour pouvoir faire honneur au repas, et s'apprêtèrent ensuite à passer du mieux qu'ils pouvaient leur troisième nuit sur l'Océan. Ils étaient tellement accablés qu'ils s'endormirent tout de suite, en dépit du roulis violent qu'imprimait à leur appareil une forte houle. Et pour cette fois, la fatigue eut raison de l'angoisse de la nuit et de la solitude.....

Tous deux s'éveillèrent bien avant l'aube. Il était 7 heures du matin — heure de Paris — et la mer avait grossi. C'étaient probablement les mouvements désordonnés de l'aéroplane violemment secoué qui avaient tiré les deux dormeurs de leur sommeil. Il faisait encore nuit noire. La pluie tombait toujours, et un immense murmure montait des flots. Toutefois, l'ingénieur, à l'aide de la lampe du bord restée allumée, constata avec satisfaction que les flotteurs émergeaient normalement : la surcharge de neige était donc disparue.

— Allons, tant mieux ! dit Sans-Patience en se frottant les yeux. Saluons le dernier jour de notre voyage. Pour ma part, j'ai faim ; nous n'avons pour ainsi dire pas mangé hier soir.

— Le fait est que c'est une manière comme une autre d'attendre le jour, dit à son tour l'ingénieur. Comme nous ne pouvons rien faire avant d'y voir clair, profitons-en pour reprendre des forces. Mais, tout de même, que c'est désagréable d'être secoué comme ça !

De fait, les oscillations imprimées à l'appareil n'étaient rien moins que douces. Et Sans-Patience, qui n'avait voyagé qu'une fois sur « la grande tasse », comme il disait, affirma qu'il éprouvait les premiers symptômes du mal de mer. Ce qui ne l'empêcha pas, du reste, de dévorer comme quatre.

L'aube vint lentement, grise, triste, et leur montra un horizon rayé de pluie, ainsi qu'une mer où des vagues commençaient déjà à remplacer la houle. L'ingénieur jeta sur son aéroplane un regard qui, d'abord inquiet, se rassura vite, car tout à bord lui sembla en ordre.

— Un appareil ordinaire, avec ses ailes en toile et son haubannage, n'aurait jamais résisté à une pareille épreuve, dit-il, son examen terminé. Décidément, je commence à croire que ma solution est la bonne. Cependant, ça va être dur de s'envoler avec une mer comme celle-là.

— Essayons toujours, fit Sans-Patience. Plus nous tarderons, plus le temps deviendra mauvais, et plus nous éprouverons de difficultés. Et je ne vous cache pas qu'en cas de grain, je préfère être au-dessus des flots que dessous...

Le moteur fut mis en marche. Et suivant le principe de

l'aviation, l'ingénieur essaya de s'envoler face au vent. Mais l'appareil n'était pas fait pour tenir la mer. Il ne s'élevait point à la lame et ne pouvait que trouer les vagues, ce qui l'alourdissait et enrayait sa vitesse. 100, 200, puis 300 mètres furent ainsi parcourus sans qu'on pût « décoller ». Les deux hommes, affreusement secoués, étaient couverts par les embruns, et c'est en vain que l'ingénieur donna au moteur toute sa vitesse ; il reconnut vite qu'en allant contre le vent, le flot enrayerait toujours sa marche.

Il vira donc de bord, et l'aéroplane, obéissant à son gouvernail de direction avec autant de docilité qu'une embarcation, vint dans le lit du vent. Dès lors, il ne luttait plus contre le flot, mais le précédait. Au bout de 100 mètres, tanguant et roulant, il s'enlevait, pareil à un de ces grands planeurs marins dont les ailes ruisselantes bravent la tempête.....

— Enfin ! s'écria Sans-Patience, lorsqu'il vit les vagues s'éloigner sous lui.

L'ingénieur, arrivé à une cinquantaine de mètres de haut, effectua un large virage qui le remit face au vent, dans la direction de l'Ouest.

L'allure commençait à s'accélérer et les deux aviateurs à respirer, quand il se produisit à l'avant comme un craquement. Tous deux virent dans un éclair l'hélice détachée tourbillonner au vent et aller tomber dans la mer à 100 mètres de là. En même temps, une embardée terrible secoua l'appareil qui se cabra.....

Ne perdant ni son sang-froid ni sa présence d'esprit, l'ingénieur arrêta aussitôt le moteur qui s'affolait, et fit piquer du nez à l'aéroplane. De la sorte, il parvint à effectuer en vol plané une descente qui aurait pu être une chute.

Et quelques secondes plus tard, leur appareil se posa de nouveau sur les flots, où il se mit à danser comme un bouchon.....

Seulement, il était désemparé, cette fois..... Privé de son hélice, l'aéroplane n'était plus qu'une proie offerte à la tempête et à l'Océan ; et, pour comble de malheur, lors de l'embardée qui avait suivi l'arrachement du propulseur, la grande manne de provisions était tombée à la mer.....

VIII

HEURES D'ANGOISSES

— Plus d'hélice ! cria l'ingénieur.

— Et plus de vivres ! répondit, comme un écho funèbre, la voix de Sans-Patience.

Et les deux hommes, bouleversés, se regardèrent avec angoisse.

Cette fois, il ne s'agissait plus d'une panne anodine ni d'un arrêt plus ou moins long. Ils étaient cloués là, sans rémission, et voués, impuissants, aux périls du flot, de la tempête et de la faim. Ils échouaient au port, pour ainsi dire, car qu'était-ce que cette distance de 5 ou 600 kilomètres qui leur restait à faire pour eux qui venaient d'en franchir des milliers ? On eût dit que, pour punir ces audacieux de leur entreprise téméraire, l'immensité avait choisi le moment où, touchant le but, ils se croyaient sûrs du succès.....

Mais ces deux hommes n'étaient pas des natures vulgaires. Sans-Patience, le premier, se secoua. Il eut sa première crise de colère depuis deux jours. Il trépigna en montrant le poing aux flots.

— Ah ! c'est comme ça ! criait-il. Le vent et la mer m'en veulent, décidément. Mais ils ne me connaissent pas..... J'arriverai malgré eux ! Je.....

Un paquet d'embruns qui lui arriva dans la figure interrompit net ses imprécations. Pendant le temps qu'il s'essuya, sa colère tomba, mais non sa résolution.

— Allons ! dit-il à l'ingénieur. Il ne s'agit pas de perdre la tête. D'abord, comment l'hélice est-elle partie ? S'est-elle détachée ? S'est-elle brisée ?

— Impossible de le savoir, répondit l'ingénieur. Pour pouvoir s'en rendre compte, il faudrait s'avancer sur le devant du fuselage. Secoués comme nous le sommes, ce ne serait pas aisé. Du reste, cela n'aurait pour nous qu'un intérêt relatif. Nous n'avons plus d'hélice, voilà le fait brutal. Si nous possédions encore des vivres, le mal ne serait pas sans remède, car nous pourrions attendre un secours peut-être problématique, mais possible néanmoins.

— Attendre, nous le pouvons tout de même, dit tranquillement Sans-Patience, qui venait de se livrer à une sorte de perquisition sous les sièges et dans le coffre à outils. Voici toujours trois boîtes de sardines, quatre boîtes de poulet en gelée, la moitié d'un pain un peu dur et deux bouteilles de bordeaux. J'avais enlevé tout cela de la manne pour pouvoir y caser une de mes pelisses, dont je me suis débarrassé ce matin. Vous voyez qu'il fait bon ne pas mettre tous ses œufs dans le même panier.

— Avec ça, dit l'ingénieur, on peut vivre à la rigueur trois ou quatre jours.

— Sans compter qu'il nous reste une dizaine de litres d'eau douce. Nous pouvons donc voir venir. Notre appareil n'est pas encore tout à fait l'aéroplane de la *Méduse*. Avisons donc. D'abord, où sommes-nous ?

L'ingénieur sortit une carte et la consulta quelques instants en réfléchissant.

— On ne peut rien dire de certain, répondit-il enfin. Mais nous ne devons pas être éloignés de plus de 5 à 600 kilomètres du continent américain. La question qui se pose est celle-ci : sommes-nous ou non dans le courant polaire ? Si oui, nous pouvons avoir quelque espoir, car ce courant nous véhiculerait vers le Sud, et même le Sud-Est. Si non, cette bourrasque va nous rejeter dans l'Est, et peut-être dans le Gulf-Stream.

— Et pas moyen de savoir où nous sommes, ce que nous devenons, si nous dérivons à l'Est ou à l'Ouest ?

— Aucun moyen. Nous pouvons penser pour l'instant que le vent nous chasse vers l'Est, mais c'est tout.

— Une autre question : sommes-nous sur le passage des navires ?

— Pour dire les choses comme elles sont, je ne le crois pas. Comme je l'observais hier, si nous n'avions pas dévié de notre direction Ouest-Quart-Sud-Ouest, nous devrions être à présent dans les environs du 40° de latitude Nord, c'est-à-dire à peu près à la hauteur de New-York. Mais nous avons déraillé, c'est incontestable. Nous avons même déraillé de beaucoup, de cinq ou six degrés au Nord, peut-être plus. Nous serions à la hauteur de la Nouvelle-Ecosse, près du grand banc de Terre-Neuve, que cela ne m'étonnerait pas. Et dans ces parages, les paquebots sont rares, plus rares à coup sûr qu'à la hauteur de New-York.

— Diable ! fit Sans-Patience.

Quand Sans-Patience disait : « Diable ! » c'est que la situation était grave. Il ajouta :

— Alors, que pouvons-nous encore espérer ?

— Est-ce qu'on sait jamais ? répondit l'ingénieur. Sans trop espérer, moi je ne désespère pas tout à fait. La mer nous porte durement, c'est vrai, mais enfin nous flottons, et nous avons des vivres pour trois ou quatre jours encore. Quand nous n'aurons plus de vivres, on verra. En attendant, ne jetons pas le manche après la cognée.....

— Et dire, grommela Sans-Patience en serrant les poings, et dire que c'est cette avarie absurde du début, ce fil d'allumage coupé, qui, en nous retardant douze heures, est cause de tout le mal !

— Le grain de sable ! conclut philosophiquement l'ingénieur ; petites causes, grands effets.

— Alors, il n'y a rien à faire ?

— Que voulez-vous faire ? Sans hélice, notre aéroplane n'est plus qu'un inutile assemblage de bois et de métal. C'est la seule avarie qui ne soit pas réparable..... Notre sort est entre les mains de Dieu.

Le temps restait mauvais, mais toutefois, la mer ne grossit plus. Heureusement pour les aviateurs en détresse, ils n'avaient pas affaire à une véritable tempête, mais à une violente bourrasque. Leur position n'en était pas moins très incommode, du fait du roulis imprimé par le flot à leur appareil, lequel, n'étant pas construit pour la navigation, ne pouvait que s'élever très lourdement à la lame, non sans oscillations en sens divers. De plus, ils étaient inondés d'embruns.

Vers le soir, la pluie cessa. Mais le vent se maintint, et la mer ne cessa pas d'être dure.

Ce fut ainsi qu'ils passèrent la nuit. Malgré leur fatigue, les quelques heures de sommeil qu'ils purent prendre furent entrecoupées de réveils subits causés par les secousses. Sans compter que, leurs fourrures étant transpercées, ils souffraient du froid. Vers 4 heures du matin, sentant qu'ils ne pourraient plus dormir, l'ingénieur mit pendant quelques instants le moteur en mouvement, afin d'envoyer un peu de chaleur à leur « chaufferette ».

Le temps se maintint ainsi toute la journée du 19. Le vent ne cessa de souffler que vers le crépuscule, et peu à peu, la mer se calma. Les deux aviateurs purent enfin dormir cette nuit-là.

Dès que vint l'aurore du 20, Sans-Patience soumit à son ami l'idée d'établir un observatoire entre les ailes, près du pavillon. De là, on dominait un peu la mer, et l'on aurait plus de chance de voir un navire s'il en passait un à quelque distance.

Toute la journée donc, les deux amis montèrent ainsi la garde à tour de rôle. Hélas! la nuit vint sans qu'ils aient rien vu qui ressemblât à une voile ou à de la fumée. Le temps restait incertain ; mais, dans le ciel nuageux, on apercevait parfois des coins de bleu. Toutefois, vers le soir, un brouillard épais s'étendit sur la mer ; il devait durer une partie de la nuit.

Quand, au crépuscule, se rendant compte que l'horizon était décidément « bouché » par la brume, l'ingénieur descendit de son observatoire, Sans-Patience comprit à son visage qu'il n'avait plus d'espoir. Il ne leur restait plus alors qu'une boîte de poulet en gelée, un morceau de pain dur, une bouteille de bordeaux et deux ou trois litres d'eau douce. Encore un jour, et ce ne serait plus seulement la faim qui les menacerait, mais encore la soif. Pourtant, ces deux hommes eurent le courage de ne pas se communiquer leurs appréhensions. Seulement, ils se serrèrent silencieusement la main, et, devant la grandeur du danger qui menaçait si brusquement d'anéantir leurs efforts, bien prêts d'être couronnés du plus éclatant succès, qui risquait même de les engloutir, là, stupidement, leurs sentiments chrétiens leur dictèrent leur suprême devoir : avant d'essayer de dormir, tous deux prièrent, implorant la toute-puissante intervention de celui qui seul pouvait les sauver.....

II

UN SOUS-MARIN FANTÔME

Le matin du 21, ce fut un soleil éclatant qui les éveilla.

De nouveau, le ciel était pur. Pourtant, le thermomètre marquait juste 6. Les deux aviateurs, sentant la nécessité de se rationner, n'absorbèrent que la moitié du pain et du poulet qui leur restait. De plus, ils burent chacun un verre de bordeaux.

Puis, tandis que Sans-Patience allait prendre sa faction près du pavillon, l'ingénieur, profitant du calme de la mer, eut l'idée de vérifier sur place la nature de l'avarie qui les avait privés de l'hélice. Au prix de mille difficultés, il parvint à s'avancer en rampant jusqu'à l'extrémité de l'arbre ; là, il put constater que le propulseur s'était simplement détaché, par suite probablement d'un serrage insuffisant et de l'usure d'une clavette. Rien n'était brisé, le pas de vis était intact. Si l'ingénieur avait eu, au moment de l'accident, le moyen d'aller à la recherche de l'hélice qui, étant en bois, devait surnager, il eût été possible de remonter le propulseur à l'aide d'écrous de rechange dont, à tout hasard, on s'était muni. Et l'ingénieur se reprocha amèrement de n'avoir pas eu l'idée, au cours d'un de leurs arrêts forcés, de surveiller de près le fonctionnement et la tenue de cet organe essentiel.....

Vers 10 heures, Sans-Patience, toujours perché sur le fuselage, aperçut dans l'Est une lointaine fumée. Mais ce vapeur, si c'en était un, ne devait pas les voir, car il disparut bientôt.

Dans l'après-midi, l'ingénieur, dont c'était le tour de faction, crut voir à 100 ou 150 mètres de leur appareil une sorte de plaque qui brillait au soleil, et qui se dressait verticalement au-dessus de la mer. Ce qui frappa le plus l'ingénieur, c'est que cette chose semblait se mouvoir lentement en s'éloignant d'eux. Un instant même, par suite de la houle, il lui sembla distinguer, au-dessous de cette plaque, une sorte de tige dont il ne voyait que la naissance.

L'ingénieur cria aussitôt à Sans-Patience de lui apporter sa jumelle. Mais quand son ami arriva sur le fuselage, la chose avait disparu, et l'ingénieur ne vit plus rien que la houle.

— Vous avez vu quelque chose ? interrogea Sans-Patience.

— Oui. Ou plutôt j'ai cru voir.....

— Quoi ?

— Un objet qui ressemblait à un périscope, à 150 mètres de nous.

— Un périscope ? Mais alors, ce serait un sous-marin ?

— Evidemment, si c'est bien un périscope que j'ai vu. Mais j'ai dû me tromper. Ce n'était peut-être qu'une de nos boîtes de conserves vides. Car comment penser qu'un sous-marin s'aventurerait à pareille distance des côtes ? Et puis, si ç'avait été un sous-marin, la première idée de ceux qui sont à son bord n'aurait-elle pas été de nous secourir ?

Les choses en restèrent là. Au crépuscule, l'ingénieur descendit de son observatoire sans avoir rien vu de nouveau.

Et tandis que, lentement, le soleil disparaissait, les deux hommes s'assirent, accablés. Cette fois, ils le sentaient bien, à moins d'un miracle, c'était la fin. Les quelques vivres qui leur restaient étaient à peine suffisants pour un repas. Après, ils étaient voués à la mort, à la plus terrible des morts, à la mort par la faim et par la soif.

Longtemps, ils restèrent là, sans parler. Sans qu'ils s'en aperçussent, la nuit était venue, pendant qu'ils remuaient en eux des pensées désespérées.....

— Ah ! s'écria tout à coup l'ingénieur. Pourquoi n'ai-je rien prévu ? Pourquoi n'ai-je pas emporté un de ces petits canots de toile qui se plient, qui ne pèsent rien, et qui tiennent si peu de place ?

— Qu'en auriez-vous fait ? répondit Sans-Patience. Ce n'est pas avec un simple canot de toile que nous aurions pu franchir les centaines de kilomètres qui nous séparent du continent américain !

— Non. Mais l'hélice est intacte ; or, elle est tombée à la mer, où elle surnage ; elle ne doit pas être bien loin de nous, dans un rayon de un ou deux milles peut-être. Le canot nous aurait permis d'aller à sa recherche et de la retrouver. J'ai des écrous de rechange. Comprenez-vous ?

— A quoi bon revenir sur ce qui est passé ? dit Sans-Patience. Quant à moi, je serais seul que j'accepterais mon sort avec résignation. Mais vous, mon ami, vous que j'ai entraîné dans cette aventure téméraire ! Voilà mon remords, voilà ce qui me tue !.....

— Je ne m'explique pas vos remords. Si vous vous en souvenez bien, ce n'est pas vous qui m'avez entraîné, mais moi qui ai voulu vous suivre.

— Je n'aurais pas dû accepter. Je savais cette aventure pleine de périls ; mon devoir était de ne pas vous faire courir ces risques. Vous n'êtes pas seul dans la vie, mon ami.....

— Eh ! je le sais bien ! s'écria l'ingénieur avec une impatience douloureuse. Pourquoi me parler de Renée, en ce moment où j'ai besoin de tout mon courage.....

— Puisque nous sommes sur ce sujet, mon ami, laissez-moi vous dire qu'avant de partir, j'ai fait mon testament, et que, dans ce testament, je vous ai légué tout ce que je possédais, à vous, ou, à votre défaut, à votre sœur. Ce n'est pas grand'chose, mais cela permettra du moins à Mlle Renée de vivre indépendante.....

— Vous avez fait cela ? dit l'ingénieur, ému. Alors, je ne regrette rien..... Que m'importe la vie, si Renée n'est plus exposée à la misère, qui m'a tant effrayé pour elle !

— Oh ! je n'ai pas eu grand mérite, allez ! prononça Sans-Patience avec mélancolie. Ne me remerciez pas. Et puisque je suis en train de me confesser, je puis bien vous avouer une chose qui, j'en suis sûr, en tout autre moment, vous ferait bien rire. Bah ! pour ce qui nous reste à vivre, je ne veux plus avoir de secret pour vous. Figurez-vous que j'ai un faible pour votre sœur, mon ami.....

— Vous ?

— Oui, moi. C'est ridicule, n'est-ce pas, un hérisson de mon acabit qui s'amuse à aimer un ange. Vous ne riez pas ?

— Mon pauvre ami ! Rire ? Pourquoi ? Je n'y songe guère. Vous m'étonnez, voilà tout. Jamais je n'avais songé que vous pouviez penser à Renée autrement qu'en camarade. Et qui sait? Peut-être aurait-ce été là le bonheur de ma chérie! Quant à moi, mon ami, c'est avec joie que je vous aurais vu devenir mon frère.

— Sérieusement? interrogea Sans-Patience. Vous ne trouvez pas ridicule que.....

Il n'acheva pas. Il se leva tout à coup, indiquant quelque chose du doigt, devant lui.

— Là!..... là! cria-t-il d'une voix étranglée.

La nuit n'était pas très sombre. Pourtant, ce fut en vain que l'ingénieur regarda dans la direction qu'indiquait son ami. Il ne vit rien que le flot, qui clapotait doucement.

— Une espèce de dôme! expliqua Sans-Patience avec exaltation. Je vous assure que là, à 20 mètres à peine, tout près de nous, j'ai vu une sorte de tourelle qui émergeait; vous savez, de ces tourelles que les gravures représentent au-dessus des sous-marins. Elle a disparu presque aussitôt.....

L'ingénieur hocha la tête sans répondre. Il ne savait que penser. A quelques heures d'intervalle, tous deux avaient cru voir, Sans-Patience une tourelle, et lui un périscope de sous-marin. Avaient-ils été victimes d'une hallucination? L'ingénieur ne le pensait pas.

Mais si c'était vraiment un sous-marin, à quels motifs obéissaient ceux qui étaient à son bord? Pourquoi ne secouraient-ils pas les naufragés de l'air, et se contentaient-ils de monter pour ainsi dire la garde autour de leur agonie? Etaient-ce des ennemis? Des rivaux peut-être, jaloux de la gloire dont se seraient couverts les audacieux qui, les premiers, auraient réussi à effectuer la traversée aérienne de l'Océan?

Toutes ces pensées se pressèrent tumultueusement dans le cerveau de l'ingénieur. Pourtant, comme leur conclusion tendait nettement à l'aggravation de leur sort, il eut le courage de les taire à son ami.

— Le mieux, dit-il à Sans-Patience, le mieux, c'est encore de croire que nous avons été victimes tous deux d'une hallucination: la chose ne peut s'expliquer autrement.

Sans-Patience ne répondit pas. Peut-être avait-il eu la même pensée que son compagnon.....

Le fanal à réflecteur fut allumé, et, silencieusement, les aviateurs se mirent à manger ce qui leur restait de vivres. Tous deux étaient persuadés que ce repas devait être le dernier. D'ailleurs, ce qu'ils absorbèrent suffit à peine pour apaiser leur faim.

Quand ils eurent fini, ils s'installèrent pour dormir, sans échanger une parole. La fatigue les accablait, mais longtemps l'inquiétude et l'angoisse les tinrent éveillés. Doucement bercés par la houle, tous deux songeaient dans le dire que rien, hormis Dieu, créateur et souverain Maître des éléments, ne pouvait les sauver. Ils n'avaient plus de vivres, presque plus d'eau : ils étaient condamnés à périr. Dans quelques semaines, un courant les pousserait sur la route des navires, et l'on ne trouverait plus que leurs cadavres sur cet aéroplane fantôme, à moins que, d'ici là, une tempête ne les ait submergés, eux et leur appareil.....

Néanmoins, la fatigue fut plus forte que l'angoisse. Au moment où, pour la première fois depuis leur départ, le mince croissant de la lune apparaissait à l'horizon, les deux aviateurs finirent par s'endormir, en écoutant le sourd murmure de l'Océan qui semblait se faire câlin pour bercer leur agonie.....

Mais, jusque dans son sommeil, la même pensée hanta Sans-Patience : alors que les hommes restent impuissants et désespérés, Dieu est toujours là, et Dieu peut tout. Et en lui-même, le Verdunois répétait :

— Mon Dieu, faites que je meure seul si je dois succomber ; mais sauvez le frère de Renée !

X

INVRAISEMBLABLE INTERVENTION

Le soleil était déjà haut sur l'horizon quand l'ingénieur fut tiré de son sommeil par un véritable rugissement poussé par Sans-Patience, qui s'était éveillé le premier.

Sans-Patience était debout. Les yeux fixes, le bras tendu, il montrait du doigt quelque chose.

L'ingénieur vit à ses pieds une assez grande caisse de bois blanc, sans couvercle, qui était remplie de boîtes de conserves, de biscuits et d'une demi-douzaine de gros flacons. A côté, se trouvait un petit tonnelet d'une douzaine de litres.....

Mais ce n'était pas cela que regardait Sans-Patience. Il indiquait du doigt un objet qu'en se penchant l'ingénieur put voir à son tour : ce quelque chose était une grande hélice à deux branches : *leur hélice*, l'ingénieur la reconnut tout de suite. Elle était attachée à un des montants de leurs sièges par une corde passée dans le trou percé à son centre.....

La première idée de l'ingénieur fut qu'il rêvait, et la seconde qu'il était devenu fou. Il passa la main sur son front, ferma un instant les yeux, puis les rouvrit : l'hélice, la caisse de vivres et le tonnelet étaient toujours là. C'était invraisemblable, mais cela était.

Les deux hommes se regardèrent, puis un élan les poussa dans les bras l'un de l'autre, et ils s'embrassèrent comme deux frères.

— Sauvés ! Nous sommes sauvés ! s'écria Sans-Patience. Merci, mon Dieu !

— Dieu est bon, dit à son tour l'ingénieur.....

Et tous deux se penchaient pour tâter, qui l'hélice, qui la caisse, qui le tonnelet, afin de bien se convaincre de la miraculeuse, mais palpable réalité.

Le premier, l'ingénieur reprit son sang-froid.

— Si vous m'en croyez, mon bon ami, dit-il, nous remettrons à plus tard le soin de chercher une explication à ce secours qui nous tombe du ciel. Nous savons quelle importance peut avoir une heure perdue dans notre situation. Voilà notre hélice : occupons-nous tout de suite de la remettre en place.

— J'ai pourtant faim, moi, déclara Sans-Patience.

— Nous allons prendre chacun un verre de bordeaux tout en grignotant un biscuit. Cela nous permettra d'attendre un repas plus substantiel et de nous mettre à l'œuvre à l'instant. Mais ne perdons pas de temps, croyez-moi.

Ainsi fut fait. D'ailleurs, Sans-Patience se rendit vite compte que la besogne à laquelle ils devaient se livrer n'était rien moins que facile. Pour remettre l'hélice en place, il était nécessaire, en effet, de s'avancer jusqu'à l'extrémité du fuselage, que l'arbre du moteur dépassait encore d'une cinquantaine de centimètres. A terre, cette opération eût été des plus simples, car on aurait pu prendre appui sur le sol pour s'exhausser. Mais, sur mer, tout point d'appui solide manquait.

Néanmoins, grâce aux excellentes dispositions prises par l'ingénieur et à l'adresse de Sans-Patience, on parvint à mener à bonne fin la besogne d'où dépendait le salut. Ce ne fut pas sans difficultés ni même sans danger, mais enfin, vers 9 heures, l'hélice était de nouveau à la place où les deux amis n'avaient jamais espéré la revoir. Une clavette de fortune la fixa à l'arbre, où elle fut solidement boulonnée ; l'ingénieur put même, pour plus de précaution, assurer le serrage par un contre-écrou.

Puis il voulut revoir un à un tous les organes. Il démonta même le carter du moteur, craignant que les secousses ou les embruns eussent mis à nu les fils d'allumage ou détérioré la magnéto. Heureusement, il n'en était rien, et l'ingénieur n'eut qu'à resserrer de-ci de-là quelques boulons. Il vérifia également le fonctionnement de tous les graisseurs, puis examina le fuselage et la carcasse des ailes ; il n'aperçut nulle part rien d'anormal.

Pendant ce temps, Sans-Patience avait soigneusement arrimé le tonnelet et la caisse de vivres, ne se souciant pas de voir une embardée leur faire prendre le chemin de la mer, ainsi que leurs anciennes provisions.

Il était 10 h. 1/2 quand l'ingénieur mit le contact. Le moteur ronronna, l'hélice s'ébranla, l'aéroplane se mit à courir sur les flots, et, au bout de 40 mètres, il s'enleva dans la poussière d'or du soleil.

Et pendant qu'il gagnait de la hauteur, les deux aviateurs se regardèrent avec ivresse. Sauvés ! ils étaient sauvés ! De se sentir de nouveau portés par les grandes ailes frémissantes, toute leur confiance leur était revenue.

Cette fois, ils arriveraient ; et ils sentaient que rien ne les arrêterait plus.

XI

LA DERNIÈRE ÉTAPE

L'ingénieur gagna 300 mètres de hauteur, puis mit le cap au Sud-Ouest. En se dirigeant droit à l'Ouest, en effet, il craignait, à tort ou à raison, d'aller donner sur Terre-Neuve. Et il préférait aborder le continent américain en des parages plus hospitaliers. D'ailleurs, dans l'impossibilité absolue où il était de savoir où il se trouvait, il agissait plutôt par instinct que par raisonnement.

Le vent devait être faible, car la mer moutonnait à peine, et le thermomètre marquait 2° au-dessus de zéro. Le moteur ronflait avec régularité : tout allait bien.

— Maintenant, dit l'ingénieur, donnez-moi à manger, mon ami : je meurs de faim.

Sans-Patience tira de la caisse miraculeuse une boîte de conserve qui pouvait bien peser un kilo, et qui contenait ce genre de viande conservée que les Américains nomment *corned-beef*, et qui n'était pas sans analogie à ce que nos troupiers appellent du « singe ». Les biscuits qui accompagnaient les boîtes étaient à peu près semblables comme goût à du pain, quoique un peu plus fades et un peu plus durs. Des six flacons, quatre contenaient une sorte de bière assez forte qui devait être de l'ale, et les deux autres du whisky. Le tonnelet était rempli d'eau douce.

Les deux aviateurs commencèrent à dévorer. La boîte de conserve y passa entièrement, ainsi qu'une demi-douzaine de biscuits et une bouteille d'ale. Puis, l'estomac satisfait, ils éprouvèrent le besoin d'échanger leurs impressions.

— D'abord, demanda Sans-Patience, où sommes-nous ?

— Voilà ce qu'il est difficile de savoir, répondit l'ingénieur. Il nous restait, à l'estime, de 5 à 600 kilomètres à faire lorsque nous avons perdu notre hélice. Nous sommes restés quatre jours en panne pendant lesquels nous avons dû être repoussés vers l'Est par le vent, du moins les deux premiers jours. Depuis, avons-nous été repris par le Gulf-Stream, ou, au contraire, véhiculés par le courant polaire ? Nous l'ignorons. Ce qui est certain, c'est que nous avons beaucoup plus de chance d'aborder le continent à la hauteur de Boston et même d'Halifax qu'à la hauteur de New-York. Quant au parcours qui nous reste à effectuer, le plus sûr, c'est encore d'admettre qu'il peut être de 7 à 800 kilomètres. S'il y a moins, nous le verrons bien.

— Mettons donc 800. Nous faisons en ce moment ?.....

— Le moteur marche à fond, et le vent est faible. Cela doit nous donner du 150 à l'heure, ou bien près.

— Il est plus de 11 heures. En mettant les choses au pire, nous serions donc en vue du continent américain entre 4 et 5 heures du soir ?

— Probablement avant.

— L'essentiel est que nous puissions atterrir avant la nuit. Maintenant, autre chose. Je ne serais pas fâché, mon cher, d'avoir votre avis sur la miraculeuse arrivée à notre bord des vivres et de l'hélice.....

— Eh bien ! voilà, répondit l'ingénieur. Je ne fais que songer à cela depuis ce matin..... Hier, nous avions bien vu, moi un périscope, vous un dôme. Un sous-marin, depuis hier, avant peut-être, rôdait autour de nous en évitant de se faire voir. Les passagers ont pu juger de notre situation. Le soir, ils ont profité de la nuit pour émerger et s'approcher de nous ; ils nous ont entendus causer. Ils se sont mis alors à la recherche de l'hélice, à moins qu'ils ne l'aient retrouvée avant, et, pendant notre sommeil, l'ont attachée à votre siège, en même temps qu'ils y déposaient des provisions.

— Mais pourquoi ne pas s'être montrés ? Généralement, les sauveteurs n'agissent pas avec tant de mystère !

— Vous m'en demandez trop. Leur intervention demeure inexplicable quant à leur façon d'agir. Mais, tout de même, quelle antithèse : un aéroplane en détresse sauvé par un sous-marin !

— Enfin, dit Sans-Patience, qui réfléchissait, nos mystérieux bienfaiteurs ne devaient pas nous connaître.

— Savoir ! répondit simplement l'ingénieur.

— Comment ? s'écria Sans-Patience.

Et regardant attentivement son ami :

— Vous avez une idée que vous ne dites pas, vous !

— Eh bien ! oui..... Mais comme elle se rapporte à vous, je craignais d'être indiscret.

— Indiscret ?

— Sans doute. Pour moi, nos bienfaiteurs, si mystérieux qu'ils vous paraissent, doivent vous connaître, vous. Mieux : ils devaient être au courant de votre tentative et des motifs qui l'ont provoquée. Et c'est en sachant qu'ils avaient affaire à vous qu'ils sont intervenus. La chose ne peut pas s'expliquer autrement. Ils savaient votre but, ils connaissaient les conditions qui vous sont imposées. Or, s'ils nous avaient purement et simplement recueillis, c'était un échec pour vous, puisque vous auriez utilisé un bateau. Tandis qu'en nous remettant discrètement en possession de l'hélice, ils vous permettaient, au contraire, de continuer votre voyage dans les conditions requises.

— Non ! non ! s'écria Sans-Patience. Ce n'est pas encore cela. Je n'ai d'ailleurs plus de raisons de garder le silence vis-à-vis de vous. Vous allez savoir ce que vous ignorez encore et vous pourrez juger.....

Et en quelques mots, il mit l'ingénieur au courant de l'histoire du testament qui était la cause originelle de leurs aventures.

— Or, termina-t-il, mon oncle est mort sans autre parent que moi. Moi-même, à part de vagues cousins, je n'avais d'autre parent que lui. Qui donc aurait intérêt à aider à la réussite d'une tentative qui doit me rapporter 30 millions ?

L'ingénieur ne répondit pas. Il n'y avait du reste rien à répondre. Toutes les explications imaginées ne faisaient qu'épaissir le mystère.....

— Et puis, après tout, qu'importe ! finit par dire Sans-Patience, las d'échafauder en vain hypothèse sur hypothèse. L'essentiel, c'est que nous sommes tirés d'affaire, et que d'ici deux ou trois heures, nous allons effectuer un atterrissage qui va nous rendre, moi multimillionnaire, et vous célèbre, sans compter qu'il vous rapportera un million, mon bon ami.....

— Pour ça..... commença l'ingénieur.

— Je vous l'ai promis.

— C'est possible. Mais j'estime que vous avez assez fait pour moi. Songez aux résultats pratiques de cette randonnée sans précédent. C'est la consécration éclatante et le triomphe de mes conceptions, et l'équivalent d'une réclame mondiale. Désormais, tous les espoirs me sont permis.

— C'est ce que nous verrons, répondit Sans-Patience. Je vous prierai même de ne plus discuter à ce sujet, car je sens que je vais me mettre en colère.

— Allez-y d'une crise, mon ami. Les circonstances s'y prêtent : nous avons du temps à perdre.

Eh bien ! le croirait-on ? Sans-Patience ne s'emporta pas. A peine eut-il une fugitive rougeur du visage et une rapide contraction des poings. L'accès se borna là.....

Ce que voyant, l'ingénieur, qui le surveillait du coin de l'œil, déclara :

— Vous êtes décidément guéri, mon bon.....

Et il ajouta sans rire :

— C'est dommage !

XII

A NEW-YORK

Il était exactement 3 h. 10 au chronomètre du bord quand Sans-Patience, qui depuis longtemps déjà avait la jumelle collée aux yeux, dit d'une voix un peu étranglée :

— Je crois que voilà la terre.....

Il indiquait du doigt, un peu à gauche, un point que l'ingénieur ne pouvait voir à l'œil nu.

— Vous êtes sûr ? interrogea ce dernier.

— Oui. Ile ou continent, je ne sais. Mais je distingue nettement là-bas quelque chose qui n'est pas l'eau.

Un quart d'heure s'écoula encore ; puis on put distinguer à l'œil nu la nature de la terre entrevue. C'était une petite île, qui apparaissait aux aviateurs sous la forme d'une sorte de croissant posé sur les flots ; plus loin, encore des îles, ou plutôt des îlots, et à droite, une longue bande de terre contournée, dont une extrémité semblait rattachée au continent.

L'ingénieur avait ralenti. Il fit étendre sur son volant, par Sans-Patience, une carte de l'Amérique du Nord à grande échelle, et les yeux fixés tour à tour sur les terres qui apparaissaient, puis sur la carte, il cherchait à deviner à quel endroit du continent américain il arrivait.

— Nous sommes beaucoup plus au Sud que je le croyais, dit-il enfin. Je sais que nous obliquons vers cette direction depuis ce matin; mais, lors de notre panne d'hélice, nous avons dû beaucoup dériver au Sud. Car alors que je comptais aborder le continent dans les environs du 45° degré de latitude, nous voilà tout près du 42° degré.

— Alors ? interrogea Sans-Patience.

— Alors, nous sommes au Cap Cad. Les îles que vous voyez là ne peuvent être que celles qui se trouvent en avant de New-Bedfort. Newport se trouve à une quarantaine de kilomètres au Sud-Ouest.

— Et New-York ?

— Il est à environ 250 kilomètres d'ici en droite ligne, également au Sud-Ouest.

— Qu'allons-nous faire ?

— Ce que vous voudrez, mon ami.

— Pourrions-nous arriver à New-York avant la nuit ?

L'ingénieur se mit à rire.

— Pourquoi riez-vous ? demanda Sans-Patience, étonné.

— Quelle heure croyez-vous qu'il est ? interrogea à son tour l'ingénieur sans répondre.....

— Mais..... 3 h. 30, répondit Sans-Patience après avoir consulté le chronomètre.

— Oui..... 3 h. 30 à Paris. Mais vous oubliez que nous sommes à 70 ou 75° à l'Ouest de Paris, et qu'en progressant vers l'Ouest, on gagne quatre minutes par degré sur le soleil. Comme je vous le disais, il est peut-être 3 h. 30 du soir à Paris; mais, ici, il est de 10 h. 30 à 11 heures du matin. Je m'étonne que vous l'ayez oublié.....

Sans-Patience se déchargea sur le crâne un formidable coup de poing.

— Imbécile ! s'écria-t-il. C'est fichtre vrai que je l'avais oublié ! Nous aurions donc le temps de gagner Philadelphie aujourd'hui ?

— Certainement ; d'ici, cela nous ferait un trajet de 350 à 400 kilomètres, l'affaire de trois heures au grand maximum. Vous voudriez aller directement à Philadelphie ?

— Qu'en dites-vous ?

— Je vous avoue qu'une escale à New-York me plairait assez. En somme, rien ne nous presse plus, maintenant que nous sommes au-dessus du continent.

— Va donc pour New-York ! dit Sans-Patience. Faites comme vous l'entendrez, mon ami.....

Déjà, les aviateurs survolaient New-Bedfort. Sur la prière de son ami, l'ingénieur descendit à 200 mètres.

Sous eux, en effet, les rues et les quais étaient noirs de monde, et à l'aide de sa jumelle, Sans-Patience put voir que toute cette foule, la tête levée, gesticulait en les acclamant, à en juger par les bouches ouvertes et les clameurs qui, par bouffées, montaient parfois jusqu'à eux. Il distingua même nettement un homme qui, brandissant un drapeau tricolore, indiquait du geste le Sud-Ouest, comme pour les inviter à atterrir.

— On dirait que tout ce monde-là nous attendait ! fit remarquer Sans-Patience, étonné.

— Vous pensez bien, répondit l'ingénieur, que tous les navires que nous avons rencontrés en route se sont empressés de télégraphier la nouvelle, ou de la faire connaître en arrivant à terre. Du Maine à la Floride toute la côte américaine devait être en émoi. Or, depuis quatre jours, on n'a eu de nous aucune nouvelle, aussi devait-on nous croire morts. Jugez de l'étonnement et de l'enthousiasme de tous ces braves gens en nous voyant pour ainsi dire surgir de l'Océan.

— Alors, on doit être prévenu à New-York ?

— N'en doutez pas. Et vous pouvez vous attendre à une ovation monstre quand nous atterrirons.

Bientôt, sans s'inquiéter de la déception des enthousiastes habitants de New-Bedfort, les aviateurs laissèrent cette ville en arrière et atteignirent Newport. Même foule, mêmes acclamations, même enthousiasme.

L'ingénieur, d'ailleurs, tout en remontant par prudence à 600 mètres, suivit la côte, ce qui lui permit de reconnaître Stonington, New-London, New-Haven et Norwalk. Partout, les populations étaient sur pied, semblant attendre leur passage, et manifestant leur enthousiasme avec une ardeur tout américaine.

Et même, dans le détroit de Long-Island, entre Norwalk et New-York, comme ils volaient au-dessus de la mer, laissant la côte à deux ou trois kilomètres au Sud-Ouest, ils rencontrèrent un navire de guerre — un grand croiseur — portant à sa corne le pavillon étoilé, qui, en les apercevant, hissa les couleurs françaises à côté du pavillon national. Puis de sa tourelle avant s'échappèrent successivement trois nuages de fumée, tandis que le bruit de trois coups de canon arrivait jusqu'aux aviateurs.

— Jusqu'à la marine militaire qui nous salue ! dit l'ingénieur. Si cela continue, nous allons finir par nous croire quelque chose !.....

Sans-Patience ne répondit pas. Mais, au fond, son amour-propre était doucement chatouillé. Et puis, en véritable Lorrain qu'il était, ce n'était pas à lui seul qu'il pensait ; la réussite de leur audacieuse randonnée était encore un fleuron ajouté à la couronne de gloire de la patrie ; l'enthousiaste admiration de la jeune Amérique allait non seulement à eux, mais au drapeau de la vieille France qui claquait dans la brise au-dessus de leur tête..... Et quel orgueil patriotique de se dire que cet exploit sans précédent, qui bouleversait toutes les données acquises en matière d'aviation, avait été réalisé par deux Français !

Tel était le sens des phrases que les deux amis échangeaient, à la fois heureux, émus et fiers. Tous deux avaient oublié le véritable motif qui les avait lancés dans cette périlleuse aventure. Ils ne voyaient qu'une chose : dans cette audacieuse course au progrès où ils avaient failli laisser leur vie, ils étaient les champions de la France, et leur victoire avait proprement l'allure d'un triomphe national.....

Bientôt, le détroit de Long-Island se rétrécit, et, sur leur droite, l'Hudson apparut ; puis ce furent des bassins couverts de mâts et un océan de maisons. Des deux côtés du détroit soudé par l'immense pont, à Brooklyn comme à New-York, les quais et les rues étaient noirs de monde. Dans le port et les bassins, quantité de navires étaient pavoisés, et sur les ponts ou les mâts, des matelots gesticulaient, la bouche ouverte, tandis qu'à vitesse ralentie, l'aéroplane progressait, cherchant un point d'atterrissage.

Sans-Patience distingua bientôt que des mains armées de drapeaux tricolores ou américains se tendaient vers l'Ouest avec une persistance qui ne laissait aucun doute ; on voulait évidemment leur indiquer un lieu d'atterrissage.

Ils survolèrent ainsi New-York dans sa largeur, traversèrent l'Hudson et planèrent sur Jersey-City. Entre les dernières villas de Jersey et le chemin de fer, se trouvait une assez grande plaine qu'entourait une foule immense. Au milieu, un espace était dégagé dans lequel se tenaient plusieurs hommes, dont l'un brandissait un immense drapeau tricolore.

Les deux aviateurs comprirent que c'était là qu'on les invitait à atterrir. L'ingénieur se disposait même à couper l'allumage afin de préparer sa descente en vol plané, lorsque Sans-Patience s'écria tout à coup en indiquant du doigt quelque chose vers l'Ouest :

— Tiens, un confrère !.....

XIII

UNE AGRESSION AÉRIENNE

L'ingénieur leva les yeux dans la direction indiquée par son ami, et vit à quelque distance, de l'autre côté du chemin de fer, un autre aéroplane qui semblait venir vers eux avec une grande rapidité.

Sur le moment, il ne s'en étonna pas. Il pensa que l'aviation américaine avait délégué un des siens pour saluer, dans leur élément, les triomphateurs de l'air.

Cette pensée était naturelle dans un pareil moment. Aussi, au lieu de couper l'allumage, il augmenta un peu sa vitesse et évolua pour aller à la rencontre de ce confrère aérien, comme disait Sans-Patience.

Mais, en progressant, il fut frappé de l'allure anormale de l'appareil qui venait à leur rencontre. Il y avait, dans les formes de cet appareil, quelque chose qui le déconcertait un peu. On ne pouvait dire que ces formes étaient tout à fait nouvelles. C'était un monoplan qui ressemblait assez, d'une manière générale, aux types français Blériot. En y regardant mieux, l'ingénieur finit par se rendre compte que ce qui donnait à ce monoplan un aspect inaccoutumé, c'était d'abord que, comme les leurs, ses ailes semblaient métalliques ; mais c'était surtout un dispositif bizarre placé en avant de l'hélice, et composé de deux tiges rigides à l'extrémité desquelles était fixée, dans le sens vertical, mais obliquement, une sorte de grande et large lame de métal. Et l'ingénieur entendit Sans-Patience faire cette remarque :

— Ma parole ! on dirait un éperon !.....

Fut-ce l'association d'idées provoquée par ce mot : éperon, ou l'allure étrange du monoplan inconnu, qui, sans diminuer sa vitesse, semblait littéralement vouloir foncer sur eux ? Explique qui pourra cette prescience soudaine qui, au moment du danger, et même avant que le danger soit déclaré, éclaire parfois l'homme sur le péril qui le menace ! Toujours est-il que, dans un éclair, l'ingénieur eut l'intuition de la plus extraordinaire et de la plus sauvage des agressions. Et instantanément, il eut la conviction que l'intention de ceux qui montaient cet appareil était de les aborder et de les détruire, et que cette agression était préparée, préméditée, voulue.

Sans se rendre compte encore des motifs de ce guet-apens, l'ingénieur estima le danger formidable. Il était trop tard pour rétrograder et fuir. Du reste, instinctivement, la fuite lui répugnait ; il n'éprouvait aucune crainte, mais seulement une sourde colère. Il fit donc la seule chose qui pouvait se faire en cette seconde : au moment où le mystérieux appareil n'était plus qu'à cent mètres, arrivant sur leur flanc comme la foudre, il fit se cabrer son aéroplane après avoir donné au moteur toute sa vitesse. Et quand l'autre passa, ce fut à quinze mètres sous lui, ce qui permit aux deux Français de constater qu'il y avait deux hommes à son bord.

— Non ! mais, s'écria Sans-Patience, stupéfait, qu'est-ce qui lui prend, au confrère ?.....

En bas, les acclamations avaient cessé. On avait vu l'inconcevable manœuvre de l'aéroplane inconnu, la parade du Français, et tout à coup, un silence impressionnant s'était abattu sur cette foule immense qui avait eu, elle aussi, la soudaine intuition du drame extraordinaire qui allait se dérouler au-dessus de sa tête.....

— Il y a, répondit l'ingénieur avec sang-froid, il y a que le confrère veut tout simplement nous démolir. Je l'ai deviné à temps, heureusement ; une seconde de plus, et il eût été trop tard.....

On eût pu croire que Sans-Patience se montrerait émotionné, ou tout au moins étonné. Il n'en fut rien.

— Je me disais aussi, fit-il tranquillement, que notre aventure ne pouvait finir si simplement que cela. Des jaloux, probablement, ou des rivaux. Allons-y donc pour une bataille aérienne : elle manquait à notre gloire, comme l'infortune à celle de Napoléon.....

Malgré la gravité de la situation, l'ingénieur ne put s'empêcher de sourire à cette boutade.

— Alors ? interrogea Sans-Patience.

— Alors, je monte, comme vous voyez. Il faut éviter à tout prix que l'autre nous domine.

— J'espère que nous n'allons pas fuir devant lui ?

— Ça, non ! répondit l'ingénieur avec un singulier accent de résolution. J'ignore les motifs qui font agir ces forbans ; j'ignore même qui ils sont. Mais ils nous ont attaqués traîtreusement ; quoi qu'il puisse advenir, je veux leur rendre la monnaie de leur pièce.

— A la bonne heure ! déclara Sans-Patience, qui, en son âme de Lorrain, sentit se réveiller son amour pour les plaies et les bosses. Et puis, ajouta-t-il, songeons que nous représentons la France, et que l'Amérique nous regarde !.....

Mais le moment ne se prêtait pas à de longues explications. Les deux amis étaient sûrs de leur commune résolution : cela suffisait. D'instinct, Sans-Patience laissa à l'ingénieur la responsabilité de la manœuvre et renonça à le conseiller, confiant en son sang-froid dont il avait déjà eu tant de preuves.

— Il faut voir les choses comme elles sont, dit l'ingénieur, tout en gagnant de la hauteur. Ces forbans ont une immense supériorité sur nous, grâce à leur éperon qui leur permet de nous aborder sans dommage pour leur propulseur. Si, au contraire, nous tentions de les aborder nous-mêmes, nous fracasserions notre hélice en plein vol, et ce serait pour nous la culbute presque inévitable.....

— Alors ?

— Laissez-moi faire. Je vais tâcher de les culbuter en passant simplement au-dessus d'eux, à la plus courte distance possible.

— Tiens ! J'ignorais ce détail. Il suffit de passer au-dessus d'un confrère pour que celui-ci dégringole ?

— Oui, à condition, je le répète, que ce soit à très courte distance. C'est une affaire de coup d'œil, je vous expliquerai cela plus tard. Mais je dois vous prévenir que si, au lieu de passer au-dessus, nous entrons dedans, il y aura de grandes chances pour que la culbute soit collective.....

— Bah ! La Providence ne nous a pas fait échapper aux périls de l'Océan pour permettre que nous soyons occis par des bandits anonymes. Et puis, nous avons le bon droit pour nous. D'ailleurs, quant à moi, je suis décidé à tout, sauf à la fuite!.....

Pendant qu'ils échangeaient ces paroles, leur aéroplane, montant toujours, avait progressé dans l'Ouest, vers Newark. L'indicateur d'altitude marquait 920 mètres. L'autre, après sa première tentative, avait décrit une courbe, et gagnant, lui aussi, de la hauteur, s'était mis à leur poursuite.

L'ingénieur cessa de monter, ralentit, vira, puis redonna toute la vitesse. Les deux appareils semblaient aller ainsi à la rencontre l'un de l'autre, le Français se tenant à la hauteur qu'il avait atteinte, l'autre montant encore. 600 mètres environ les séparaient. L'aéroplane agresseur cessa alors de monter et fit un virage à droite, dans l'intention évidente d'aborder son adversaire par le flanc. L'ingénieur vira immédiatement à gauche, afin de lui présenter son avant, et sans ralentir, jugeant à l'estime que son altitude devait être légèrement supérieure à celle de son agresseur, il se précipita sur lui comme la foudre.

Ce fut l'affaire de quelques secondes.

L'ingénieur s'était-il trompé dans son estimation de l'altitude ? L'autre appareil s'était-il un peu élevé ? Toujours est-il qu'en arrivant sur son adversaire, l'ingénieur eut l'intuition soudaine que tous deux se trouvaient à la même hauteur, et qu'une collision était inévitable. Il essaya de faire se cabrer son appareil, mais 50 mètres à peine, qu'il mit une seconde pour franchir, les séparaient du monoplan mystérieux. Il était donc trop tard, et, comme un bolide, l'aéroplane français aborda l'autre un peu obliquement par l'avant, entre le fuselage et une des tiges de l'éperon. Malheureusement, et comme l'avait prévu l'ingénieur, ce fut l'hélice qui porta la première ; et dans le formidable choc qui suivit, le propulseur vola en éclats..... Mais, arrêté en plein vol, l'aéroplane à éperon, instantanément, se retourna et culbuta.

Que se passa-t-il ensuite ? Nos deux amis n'en surent jamais rien. Instinctivement, l'ingénieur avait coupé l'allumage et préparé la descente en vol plané. En voulant faire piquer du nez son appareil, il sentait que celui-ci n'obéissait plus qu'imparfaitement à la commande. Il eut pourtant la sensation que leur descente, tout au moins au début, et quoique d'une anormale rapidité, n'était pas une chute. Puis, à 200 mètres de terre, l'aéroplane se mit à glisser obliquement sur les couches d'air avec une rapidité toujours croissante, un remous le saisit à 50 mètres, et il se retourna complètement, tombant comme une pierre sur la foule terrorisée, au milieu des clameurs d'effroi et des cris de douleur.....

XIV

UNE « SPLENDID » CATASTROPHE

Lorsque Sans-Patience, ouvrant les yeux, reprit conscience de la vie extérieure, il se vit couché dans une chambre assez vaste, et meublée avec ce sobre confort qui est particulier à certains hôtels américains. Il se sentait excessivement faible et éprouvait des douleurs sourdes dans la tête. Instinctivement, il y porta la main, et sentit sous ses doigts le linge d'un pansement volumineux.

Alors il se souvint. Dans un éclair, il revit la fabuleuse randonnée et l'épisode dramatique qui l'avait terminée, et tout de suite, sa pensée alla à son compagnon d'aventures, qu'il s'était mis à chérir comme un frère.

A côté de son lit, un homme assez grand, sec, au visage glabre et osseux, portant des lunettes à monture d'or, le regardait en souriant.

— Enchanté d'assister à votre « renaissance », gentleman, prononça ce personnage en français assez correct, mais avec un accent guttural prononcé.

Et se présentant :

— Dr Buller, qui vous soigne de son mieux depuis douze jours.....

— Depuis douze jours ! s'écria Sans-Patience en voulant se mettre sur son séant.

Mais ce simple mouvement lui fit pousser un hurlement de douleur : il lui semblait qu'il avait tous les membres rompus.

— Il faut rester en repos, gentleman, dit placidement le docteur. Vous devez être très courbaturé, je devine, mais rassurez-vous, vous n'avez rien de cassé. C'est votre tête qui était la plus malade ; mais vous êtes à présent hors de danger.....

— Et mon compagnon ?

— L'autre gentleman est un peu plus malade que vous ; mais, avec l'aide de Dieu, il se tirera de là, lui aussi.....

Sans-Patience regarda fixement le docteur.

— C'est bien vrai ? demanda-t-il.

— Je vous l'affirme, gentleman. Il y a même huit jours qu'il vous réclame.

— Qu'a-t-il ?

— Beaucoup de contusions, une fracture de la jambe droite, et une blessure au cou, la plus grave : un éclat de bois qui lui a traversé la gorge à deux pouces de la carotide.

— Et il s'en remettra ?

— Puisque je vous le dis ! Seulement, ce sera un peu plus long que pour vous.

— Où est-il ?

— Dans la chambre voisine.

— Je voudrais le voir.

— Y pensez-vous, gentleman ? Vous ne pouvez faire un mouvement.

— On me portera.

— Je m'y oppose !

— Très bien ! dit Sans-Patience. Alors, j'irai seul.

Et il fit un mouvement comme pour se lever.

— Au diable votre caboche de Français ! s'écria le docteur aux abois en se précipitant vers lui. Voulez-vous rester tranquille !

— Je veux voir mon ami !

Le digne Mr Buller se mit à sacrer comme un païen.

— A-t-on idée ? Vous ne tenez même pas assis..... Vous allez retarder d'un mois votre rétablissement.

— Je veux voir mon ami ! répéta Sans-Patience avec obstination.

— Vous le voulez ? C'est bien. On va amener son lit ici.

— Dans ma chambre ?

— Oui.

— Et nous resterons ensemble ?

— Si vous voulez.

— Alors vous êtes un ange, docteur, dit Sans-Patience, qui, épuisé, laissa retomber sa tête. Et je vous remercie.....

L'autre n'eut pas l'air d'entendre. Il grommela encore : « caboche de Français ! » puis sortit de la chambre.

Une demi-heure plus tard, les deux amis étaient ensemble,

Chacun dans leur lit, ils pouvaient se voir ; mais, et sur ce point, le docteur fut intraitable, il leur était interdit de se causer. Du reste, la blessure de l'ingénieur le gênait encore pour parler.....

Satisfait de revoir son ami, et tranquillisé de le savoir hors de danger, Sans-Patience, cette fois, se soumit de bon cœur aux exigences du docteur. Un peu après, il finit même par s'endormir d'un sommeil réparateur qui dura le reste de la journée et toute la nuit.

Le lendemain, quand il s'éveilla, il se sentit beaucoup mieux, il était toujours courbaturé, mais sa tête le faisait moins souffrir ; de plus, il avait faim.

— *All right !* dit le docteur. Excellent signe ! Eh bien ! si vous avez faim, gentleman, on va vous donner à manger.....

Sans-Patience déjeuna donc d'un potage et d'une aile de poulet, le tout arrosé d'un doigt de vieux bordeaux.

— A présent, dit-il lorsqu'il eut terminé, à présent, docteur, puis-je vous interroger ?

L'excellent homme tira sa montre.

— Vous le pouvez, répondit-il avec flegme. J'ai une heure à vous donner.

— Alors, expliquez-nous ce qui nous est arrivé au-dessus de New-York. Nous n'avons rien compris ni l'un ni l'autre à cette agression aérienne, laquelle, entre parenthèses, n'est rien moins que flatteuse pour l'hospitalité américaine.....

— Grâce au ciel, on a pu faire la preuve que l'Amérique n'avait rien à voir dans ce guet-apens de forbans ! dit vivement le docteur. Il faut d'abord que vous sachiez qu'en dépit de vos précautions, votre tentative a été connue presque immédiatement après votre départ. Votre atterrissage à Quimper avait donné l'éveil, et, d'autre part, les nombreux navires que vous aviez rencontrés sur l'Océan avaient télégraphié partout la nouvelle de cette rencontre. Or, du 17 au 21, on n'eut plus de vous aucune nouvelle, et l'on vous croyait perdus, lorsque, le 21, on signala que votre aéroplane venait d'aborder le continent par le cap Cad, et semblait se diriger sur New-York. Immédiatement, une manifestation monstre fut préparée ici ; on choisit le terrain d'atterrissage que vous avez vu, et on se précipita en foule vers Jersey-City, où se trouvaient déjà le consul de France, la colonie française et le secrétaire de la Marine, envoyé officiellement pour recevoir au nom de la nation et du gouvernement américains les héros du raid transatlantique.

— Mâtin! fit Sans-Patience, non sans une rétrospective fierté.

— Ne vous étonnez pas de l'accueil qui vous était préparé ici, reprit le docteur. L'Amérique aime les audacieux. Or, qu'y a-t-il de plus audacieux que cette traversée de l'Océan effectuée seuls, sans aide d'aucune sorte, sans secours possible en cas de danger ? Certes, ce raid lui-même est merveilleux, et surtout fécond en résultats, puisqu'il va permettre d'abréger des deux tiers la distance qui sépare les deux continents. Et s'il peut être imité et égalé par la suite, il ne sera jamais dépassé ; et vous n'en conserverez pas moins la gloire immortelle d'*avoir osé* affronter les premiers, froidement, résolument, les périls d'une entreprise réputée impossible et la terreur de l'immensité..... Si vous aviez succombé à la tâche, notre nation vous eût pleurés comme des héros de l'humanité ; vous triomphiez, au contraire, alors qu'on avait toutes les raisons de vous croire perdus ; aussi ne vous étonnez pas si, ici, l'enthousiasme a pris tout de suite de telles proportions..... Bref, vous arriviez au-dessus de Jersey-City, et tout le monde avait l'impression que vous vous disposiez à descendre, lorsqu'on vous vit évoluer et vous diriger vers l'Ouest. En même temps, on aperçut un autre aéroplane venir sur vous. Je vous laisse à penser quelle fut l'impression causée par la manœuvre menaçante de l'appareil qui venait à votre rencontre. J'étais présent. Vous dire ce que j'éprouvai lorsque, traîtreusement et à l'improviste, je vis l'autre foncer sur vous est impossible. Il y avait là plus de 100 000 personnes. Un silence impressionnant s'abattit instantanément sur ces foules angoissées, et lorsqu'on vit votre appareil s'élever au moment précis pour éviter la collision, il y eut un immense soupir de soulagement. Mais on sentait que le drame ne faisait que commencer ; on devinait que votre intention était, non pas de fuir, mais d'accepter le combat avec ces forbans de l'air ; et l'émotion ne fit que grandir en vous voyant tous deux gagner de hauteur. Ce qui se passa ensuite, ceux qui avaient des jumelles purent seuls le distinguer, et encore ! Vous étiez à 1 000 ou 1 200 mètres d'altitude.

— 920 exactement, rectifia Sans-Patience.

— Soit ; à 920 mètres, et à l'œil nu, on distinguait à peine deux points noirs. Bientôt, on vit un des points noirs grossir rapidement : c'était votre adversaire qui tombait.....

— Il tombait ?

— Comme une pierre, retourné complètement. Il s'abattit à 10 mètres d'une villa de Newark, sur un groupe de spectateurs dont onze furent littéralement aplatis, et une quinzaine blessés. De plus, en touchant terre, ses débris prirent feu, et les spectateurs écrasés sous l'appareil furent en partie carbonisés. J'ai su cela par la suite, car je me trouvais à deux kilomètres de là, non loin du chemin de fer, et à proximité de Jersey. Je vous vis descendre ; il y avait dans la tenue de votre appareil quelque chose d'insolite qui fit tout de suite penser que vous aviez subi de graves avaries. Mais on croyait néanmoins que vous réussiriez à atterrir normalement lorsqu'on vit soudain votre descente s'accélérer, puis, à 40 ou 50 mètres de terre, votre aéroplane se retourner. Ce fut la chute.....

— Dans la foule, n'est-ce pas ?

— Dans la foule, oui. J'entendis de loin des cris effroyables, je vis un immense remous d'hommes qui refluaient dans tous les sens, puis il y eut une seconde de morne silence, d'où montaient des plaintes et des lamentations..... Je me souvins que j'étais docteur, et réussis à me frayer un passage au milieu du flot humain terrorisé. Quand j'arrivai sur le lieu de votre chute, j'aperçus votre monoplan complètement retourné sur ses ailes, les flotteurs en l'air. En se retournant, comme vous n'étiez pas attachés, il vous avait « vidés » tous deux, et vous étiez tombés, chacun de votre côté..... sur des têtes.

— Sur des têtes ?

— Oui. Et ce fut heureux pour vous.

— Ce le fut évidemment moins pour les propriétaires des têtes en question !

— Eh bien ! le croiriez-vous ? Ni l'un ni l'autre, vous n'avez tué personne en tombant. Vous, gentleman, vous êtes arrivé sur la foule la tête en bas. Votre chef heurta celui d'un de mes compatriotes, lequel avait sans doute la « caboche » plus dure que la vôtre, car il en fut quitte pour un évanouissement. Quant à votre propre crâne, il s'en tira avec un soupçon de fracture.

— Aïe ! fit Sans-Patience en portant machinalement la main à sa tête.

— Mais ce fut beaucoup moins grave que mes confrères et moi le croyions tout d'abord, se hâta d'ajouter le docteur. Vous avez, il est vrai, battu la campagne pendant onze jours, mais vous voilà, sinon rétabli, du moins en bonne voie de guérison.

— C'est ce qui me rassure, dit sérieusement Sans-Patience. Mais, mon ami ? questionna-t-il en jetant un coup d'œil sur le lit où l'ingénieur écoutait, silencieux par ordre, mais souriant.

— Lui ? il n'assomma personne. Seulement, un spectateur se trouvait là, tellement pressé par la foule qu'il était obligé de tenir sa canne verticalement en l'air, comme un fusil. Votre ami tomba sur cette canne, qui se brisa, et dont l'extrémité brisée lui pénétra dans la gorge, de la façon que je vous ai dite. De plus, il fut ensuite piétiné par la foule prise de panique, d'où fracture de la jambe et contusions multiples.....

— Allons ! nous avons encore eu de la chance ! conclut Sans-Patience.

— Vous pouvez le dire : un vrai miracle ! Mais le mieux, c'est que votre aéroplane lui-même est presque intact.....

— Intact ?.....

— Je dis bien : intact. Sauf l'hélice brisée ainsi que les instruments, et quelques fils de commande rompus, il n'a pas d'autre mal. Il faut dire aussi qu'il est tombé sur un véritable matelas humain qui a considérablement amorti le choc.

— Alors, encore des victimes ?

— Naturellement. A cet endroit, la foule était tellement dense et tellement pressée que ces malheureux ont vu tomber la mort sur eux sans pouvoir faire un mouvement pour l'éviter. Votre appareil est tombé d'un bloc, par les ailes, sur cette surface de têtes horrifiées. Celles qui dépassaient furent littéralement réduites en bouillie. Et toutes les victimes qui, par la suite, furent retirées de dessous cet aérolithe meurtrier avaient le crâne fracassé.

— Combien de morts ?

— Dix-huit.

— Et de blessés ?

— Tous ceux qu'avait touchés votre appareil sont morts. S'il y eut des blessés, ils le furent indirectement, si je puis dire, soit qu'ils aient été renversés et piétinés par la foule de ceux qui essayaient de fuir, soit qu'ils fussent renversés par l'aéroplane, quand, le vide étant fait autour d'eux et n'étant plus soutenus, les rangs des morts oscillèrent et s'affaissèrent sous le poids de l'engin.

— Horrible ! murmura Sans-Patience.

— Oui ! continua le docteur, non sans orgueil, oui, ce furent là des accidents bien américains. Et tous nos journaux se sont trouvés d'accord pour affirmer que, seule, l'Union pouvait être le théâtre d'une catastrophe aussi « splendid » !

— Comment ! s'écria Sans-Patience, stupéfait.

— Et inédite, surtout ! Inédite, comprenez bien, poursuivit le docteur avec une animation croissante. Jamais, depuis que le monde est monde, on n'avait vu chose pareille. D'abord, votre raid, « splendid » par lui-même ; puis votre apparition au cap Cad, votre traversée partielle de l'Union, votre arrivée au-dessus de New-York, tout cela « splendid » aussi ; enfin, un combat aérien, le premier, gentleman, le premier dans l'histoire de l'humanité, songez-y ; de plus, on se rendait compte que, ce combat, votre vitesse vous permettait de le refuser, mais que vous n'aviez pas voulu ; et cela vous faisait juger dignes d'être Américains, cela fut trouvé encore plus « splendid » que tout !.....

— Oui, dit Sans-Patience. Mais les victimes ?

— Bah ! répondit le docteur, ici, nous n'attachons pas trop d'importance à ces détails. Nous savons bien qu'il ne peut y avoir de belles catastrophes sans victimes ; or, nous aimons les belles catastrophes. Et pour deux ou trois cents morts et cinq ou six cents blessés.....

— Comment ! interrompit Sans-Patience qui tombait de stupéfactions en effarements; nous avons tué tant de monde que ça?

— Vous oubliez la panique, gentleman..... Il y avait là plus de 100 000 personnes. Avant le combat aérien, il y en avait déjà eu un certain nombre d'écrasées. Lorsque les deux aéroplanes sont tombés, il s'est produit, aux deux extrémités de cette foule, des poussées formidables et contraires, les uns voulant fuir, les autres voulant s'approcher de l'endroit où l'on avait vu tomber les engins. Il s'ensuivit une marmelade générale, comme vous dites, je crois, vous autres Français. Vous pouvez vous imaginer cela d'ici..... Le gouverneur de l'État de New-York a été tué ; le secrétaire de la Marine et votre consul blessés, ainsi que le milliardaire Smithson, le roi du cuivre..... Quant aux victimes moins « proéminentes », elles se chiffrent par centaines.....

— C'est tout de même beaucoup !

— Pour une catastrophe inédite ? s'écria le docteur avec une sorte d'indignation. Dites donc que ce n'est guère ! Je sais bien qu'il y a eu aussi l'incendie.....

— L'incendie ? balbutia Sans-Patience, qu'un réel abrutissement commençait à gagner.

— Parfaitement. Comme je vous l'ai dit, l'aéroplane des forbans qui vous avaient attaqués est venu s'écraser à proximité d'une villa de Newark. En tombant, le réservoir d'essence s'est ouvert, le feu a pris aux débris, s'est communiqué à un hangar, et de là à une villa. Le vent soufflait de l'Ouest ; de plus, les pompiers s'étaient dispersés pour assister à votre arrivée. Bref, l'incendie gagna un pâté d'une quinzaine de maisons qui ont été réduites en cendres.....

— Et il y a d'autres victimes, sans doute ?

— Non ! répondit le docteur avec regret, et du ton dont il aurait répondu : « Malheureusement. »

— Mais, pour avoir provoqué chez eux de pareilles calami, vos compatriotes doivent nous maudire !

— Vous ! s'écria le docteur. Mais ils sont prêts à vous adorer à genoux ! Tenez, ce compatriote dont je vous ai parlé, et sur la tête duquel vous avez chu.....

— Eh bien ?

— Assommé, il s'est évanoui pendant une heure. Quand il est revenu à lui, il avait sur le côté du crâne une formidable bosse. C'est moi qui l'ai soigné. Eh bien ! il m'a supplié de faire tout mon possible pour empêcher que cette bosse disparaisse : il voulait la garder en souvenir !.....

C'en était trop : à ce trait baroque et bien américain, raconté avec un flegme imperturbable, les deux amis furent pris d'un fou rire pendant que le docteur continuait :

— De plus, savez-vous qu'au bureau de l'hôtel — l'Atlantic-Hôtel — il y a plus de mille lettres qui vous attendent ? Savez-vous que tous les gouverneurs d'Etats, tous nos ministres et jusqu'à notre président lui-même font prendre de vos nouvelles tous les jours ? Savez-vous que le couloir qui donne accès à votre chambre est gardé par un poste de policemen afin d'empêcher le flot de vos admirateurs de pénétrer jusqu'ici ? Savez-vous que le Sénat vous a octroyé à tous deux, par acclamations, le titre de citoyens américains ? Savez-vous.....

— Assez ! assez ! docteur, cria Sans-Patience en tenant à deux mains sa tête malade. Ayez pitié de ma pauvre caboche, comme vous dites. Je n'en puis plus.....

— C'est juste ; j'oubliais que j'avais affaire à un convalescent. Je suis impardonnable. Excusez-moi en faveur de la sympathique admiration que j'éprouve pour vous, gentlemen. Du reste, ajouta tranquillement le digne homme, l'heure est passée. Je vais donc vous laisser reposer ; je reviendrai ce soir.

— C'est cela, docteur. Revenez ce soir.....

Le docteur se retira, après avoir renouvelé le pansement de l'ingénieur. Et Sans-Patience tomba dans une demi-somnolence pendant laquelle il eut des visions d'aéroplanes se précipitant l'un sur l'autre, de gigantesques écrabouillements de foules et d'incendies transformant des villes entières en mers de flammes.....

Ce fut dans cet état qu'il crut se souvenir que, les jours précédents, alors qu'il devait être dans le délire, il avait eu d'autres visions moins terrifiantes : celles de visages connus penchés sur lui..... D'abord, une douce et pâle figure de femme, aux yeux rougis, et qui ressemblait à celle de Renée Dubois ; puis un autre visage, masculin celui-là, énergique et osseux, avec une barbiche grisonnante et des yeux enfoncés, sous d'épais sourcils : celui de son oncle, de son oncle défunt, dont le testament était la cause de tant d'aventures périlleuses !

— Hallucinations provoquées pendant mon délire par ma caboche fêlée ! murmura presque tout haut Sans-Patience.

La sœur de son ami passe encore ; rien d'étonnant qu'il en ait eu la chère vision : il y avait tant pensé ! Mais son oncle, mort et enterré depuis plus de six mois !.....

— C'est idiot ! grommela encore Sans-Patience.

Sur quoi, il finit par s'endormir d'un sommeil profond.

XV

LA HAINE D'UN ALLEMAND

Le lendemain, le mieux était plus sensible encore, et Sans-Patience put se tenir assis sur son lit. D'autre part, le docteur donna à l'ingénieur l'autorisation de causer un peu. Et ce fut avec le plaisir que l'on devine que les deux amis échangèrent quelques paroles.

Sur sa demande, Sans-Patience apprit ainsi que, huit jours auparavant, l'ingénieur avait fait télégraphier à sa sœur pour la rassurer sur leur sort à tous deux.

— J'ai bien dit : de tous deux, ajouta l'ingénieur un peu narquois. Car il pourrait se faire que votre sort intéressât ma sœur pour le moins autant que le mien.....

— C'est bon ! grommela Sans-Patience, rouge comme un coq, mais pas de colère, cette fois. Nous reparlerons de cela plus tard.

La vérité, c'est qu'il se maudissait intérieurement d'avoir, dans un moment tragique, livré le secret de son âme. Il eût donné dix ans de sa vie pour n'avoir pas abordé ce sujet sur lequel, depuis, il n'avait eu ni le loisir ni surtout la volonté de revenir.

Car, par cet aveu, il avait pour ainsi dire brûlé ses vaisseaux. L'ingénieur, en effet, dont c'était le rôle et le devoir, ne manquerait pas de faire part à Renée de l'amour de son ami. Et que deviendrait la vie de Sans-Patience, et surtout sa situation vis-à-vis de l'ingénieur, auquel il s'était très attaché, si la jeune fille — comme c'était probable — refusait de devenir sa femme ?

Heureusement, le docteur, qui s'était éloigné discrètement pendant les premiers épanchements des deux amis, le docteur rentrait dans leur chambre, prêt, déclara-t-il, à se laisser interviewer par le « gentleman aviateur français ».

Ce fut ce jour-là que nos deux amis apprirent ce qu'ils ignoraient encore.

D'abord, leur aéroplane avait pu être soustrait à l'admiration destructive des citoyens de la libre Amérique, lesquels, pour pouvoir emporter chacun une relique de l'engin désormais historique qui, le premier, avait effectué la traversée de l'Océan, commençaient à le dépecer. Heureusement, il avait été enlevé à temps et transporté dans un hangar de Jersey-City, sous la garde de policemen munis d'ordres sévères.....

D'autre part, tout mutilés et à moitié carbonisés qu'ils fussent, on avait pu identifier les corps des deux aviateurs mystérieux dont l'agression sauvage avait failli coûter si cher aux deux Français.

L'un d'eux se nommait John Rusch. C'était un aviateur américain qui, jeune encore — il n'avait pas encore trente ans — avait déjà fait parler de lui par d'audacieuses prouesses aériennes. En dernier, il habitait Newark, un des faubourgs de New-York ; il y avait fait construire un hangar dans lequel, disait-on, il travaillait à un appareil absolument nouveau, destiné à l'armée, et qui devait révolutionner l'aviation.

Quelques semaines auparavant, on l'avait vu revenir de New-York avec un personnage qui, depuis, ne l'avait pas quitté. Ce personnage était évidemment un étranger ; il parlait l'anglais avec un accent allemand assez prononcé, et, du reste, se faisait appeler Guillaume Neumann.

Comme l'aéroplane des Français, le monoplan de John Rusch était muni d'ailes métalliques ; de plus, l'inventeur américain avait réalisé, paraît-il, au moyen d'un dispositif électrique assez compliqué, le problème du gauchissement automatique, mais du gauchissement seulement, à l'exclusion de l'équilibre automatique longitudinal. Néanmoins, et naturellement avant l'apparition de l'appareil français, dit de la traversée de l'Atlantique, l'aéroplane de John Rusch était bien supérieur à tous les autres types.

On l'avait déjà vu faire quelques essais, monté par les deux hommes, lorsqu'un jour se répandit à Newark l'arrivée sur le continent américain des deux aviateurs français qui venaient de franchir l'Océan. Presque aussitôt que fut connu le lieu d'atterrissage probable de l'aéroplane français, l'appareil de John Rusch prit l'air et se dirigea rapidement sur New-York.

On sait le reste.

Quant aux motifs de l'agression, on en fut réduit sur le moment aux conjectures. Mais lorsqu'on put examiner les débris de l'aéroplane de John Rusch et de ses passagers, on constata que ce n'était pas l'inventeur qui était au volant, mais bien Neumann.

Dès lors, tout s'expliquait. Le guet-apens, c'était l'Allemand qui l'avait voulu, entraîné par sa haine contre les deux Français dont l'exploit fabuleux avait couvert leur patrie de gloire. Peut-être avait-il pensé que l'inventeur du merveilleux appareil n'avait pas laissé de plan derrière lui, que cet appareil pouvait être le seul échantillon de son genre, et qu'en détruisant l'aéroplane et son créateur, il préservait sa patrie d'une infériorité dangereuse au point de vue aérien ? Peut-être, au contraire, n'avait-il obéi, sans rien calculer, qu'à l'aveugle et farouche inspiration d'un patriotisme exacerbé ?

Mais on tombait d'accord sur ce point qu'il avait dû entraîner l'inventeur américain dans cette sauvage et mortelle aventure en lui dissimulant son but à l'aide d'un prétexte quelconque, et qu'au moment de l'attentat, John Rusch, cloué à son siège, avait été dans l'impossibilité d'intervenir utilement.

Cette version était vraisemblable. De plus, elle sauvegardait la réputation d'esprit large, hospitalier et généreux de la nation américaine. Aussi fut-elle immédiatement admise par tous comme l'expression indiscutable de la réalité.

— Il est de fait, observa Sans-Patience, que ce n'est pas à coups d'éperon que nous nous attendions à être reçus dans le ciel de la libre Amérique !

— Croyez, gentleman, répondit le docteur, que, dans l'Union, on ne se serait pas consolé si cette agression traîtresse s'était tragiquement terminée pour vous. Néanmoins, et si satisfaits que nous soyons tous de l'heureuse issue qu'a eue pour vous cette aventure, on a été soulagé en apprenant que le coupable n'était pas un Américain.....

— Je comprends cela ! Après tout, ajouta Sans-Patience, qui, depuis la veille, avait réfléchi, s'il y a eu catastrophe, et quelle ! nous n'en sommes pas responsables..... Nous ne demandions, nous deux, qu'à atterrir tranquillement.....

— Certes !

— Et si cet animal de Neumann n'avait pas eu l'idée perfide de nous entrer dans le chou — passez-moi l'expression, docteur, — tout se serait fort bien passé.

— Trop bien, répondit le docteur avec beaucoup de tranquillité. Car il n'y aurait pas eu de combat, et par conséquent pas de catastrophe inédite. Or, une catastrophe comme celle-là pose un peuple, ne l'oubliez pas, gentleman. Et puisque vous êtes saufs, il n'est pas un citoyen américain qui regrette quoi que ce soit.

— Sauf les victimes, toutefois !

— Bah ! Ceux qui sont morts ne peuvent plus rien regretter. Quant aux blessés, ils sont fiers, n'en doutez pas, d'avoir été estropiés dans une circonstance aussi glorieuse pour leur pays.

Sans-Patience ne répondit pas. Ne pouvant décidément s'accoutumer à des théories aussi désinvoltes, il contemplait le docteur comme un phénomène. Quant à l'ingénieur, il riait de bon cœur de voir la mine effarée de son ami.

— Vous ne désirez plus rien savoir ? interrogea le docteur.

— Ma foi, répondit Sans-Patience, qui recouvra la parole, je ne vois pas ce que vous pourriez m'apprendre de nouveau. Ah ! sapristi, si ! A quelle date sommes-nous ?

— C'est aujourd'hui le 4 février.

— Quand me donnerez-vous mon exeat ?

— D'ici huit jours, vous pourrez vous lever un peu, mais en gardant la chambre. Quant à sortir et circuler, il n'y faut pas compter avant au moins trois semaines.....

— Alors, cela va bien ! dit Sans-Patience, qui avait rapidement calculé qu'il serait en mesure de se rendre à Philadelphie pour l'époque fixée.

XVI

DANS LEQUEL SANS-PATIENCE ÉPROUVE LA PLUS GRANDE STUPÉFACTION DE SA VIE

Un peu plus de trois semaines plus tard, exactement le 27 février, Sans-Patience, abandonnant l'ingénieur, encore retenu pour huit jours à la chambre, aux bons soins du Dr Buller et à la sollicitude du flot d'admirateurs qui, depuis quinze jours, se succédaient dans leur appartement de l'Atlantic-Hôtel, Sans-Patience, disons-nous, se faisait conduire en cab à la gare de Hoboken, voulant revoir cet endroit où s'était effectué leur atterrissage mouvementé, et où avait failli se terminer leur vie en même temps que leur aventureuse randonnée. Bientôt, il roulait vers Philadelphie, heureux comme un convalescent qui vient d'échapper à la mort, et qui sent peu à peu revenir ses forces. De plus, il n'oubliait pas qu'à Philadelphie, il devait être mis en possession d'un coquet héritage de 30 millions.

Par le chemin de fer, il n'y a guère plus d'une centaine de kilomètres entre New-York et Philadelphie, *via* Erenton, l'affaire d'une heure et demie par le train éclair, et une misère pour un des héros de la traversée aérienne de l'Atlantique.

Philadelphie est, comme importance, la troisième ville de l'Union. Elle ne compte pas moins, en effet, de 1 300 000 habitants. Sans-Patience savait en outre que, grâce à son Université renommée et à ses nombreuses Sociétés savantes, cette ville était un des rares centres intellectuels des États-Unis, où, en général, on est porté à sacrifier les arts et les sciences spéculatives au *business*.

Quoique le commerce et l'industrie y soient extrêmement actifs, l'aspect de Philadelphie est tout différent de celui de New-York ou des grands centres d'affaires de l'Union. Le Delaware d'un côté, le Schuylvull de l'autre traversent la cité dont

William Penn fut le fondateur. Les squares sont nombreux et quelques-uns de toute beauté.

Du reste, on se souvient que, deux ans auparavant, sur l'invitation de son oncle, Sans-Patience était venu passer trois semaines à Philadelphie. Il en connaissait donc déjà les principales curiosités et les monuments, notamment l'hôtel de ville, situé au milieu du square de Penn, à l'intersection des deux artères principales, Market-Street et Nord-Broad-Street; le Théâtre National, le Théâtre du Parc, le Grand Opéra, le collège Girard, la Bourse, le Jardin zoologique et surtout *State-House* ou Maison de l'Indépendance, où fut proclamée, en 1776, la déclaration d'indépendance des Etats-Unis.

Mais, ce soir-là, en débarquant en pleine ville, non loin du square de Penn, Sans-Patience se souciait peu des beautés de Philadelphie. Le voyage, si court qu'il eût été, l'avait beaucoup fatigué, et il ressentait un peu de fièvre. Il remit donc au lendemain sa visite au sollicitor, et un cab le conduisit dans un hôtel de l'avenue Girard, où, moyennant dix dollars par jour, il eut droit à une hospitalité assez confortable.

Une bonne nuit remit complètement Sans-Patience des fatigues de son voyage. Et le lendemain, dans la matinée, ce fut allègrement qu'il se rendit à l'office de Mr Jonathan Redwards, le sollicitor de son oncle défunt.

Il fut immédiatement introduit auprès de l'homme de loi. La figure entièrement rasée, le teint rouge brique, le regard vif, Mr Redwards accueillit Sans-Patience avec beaucoup d'empressement. Il lui demanda des nouvelles de son compagnon d'aventures, et crut devoir, en termes flatteurs, lui exprimer toute son admiration pour leur « splendid » raid aérien. Par chance, l'homme de loi américain parlait le français, sinon correctement, du moins suffisamment pour se faire comprendre clairement, ce qui dispensa Sans-Patience d'écorcher de son mieux la langue de Shakespeare.

— Et vous venez, dit Mr Redwards quand il eut épuisé toutes ses formules admiratives, vous venez pour la petite formalité de l'héritage, je devine ?

— Précisément, Monsieur.

— Alors, excusez-moi. Mais les dernières formalités doivent être faites à Market-Street, en l'hôtel même de votre oncle. Me permettez-vous d'aller vous prendre à votre hôtel, cet après-midi, à 2 heures ?

— Certainement, répondit Sans-Patience, un peu étonné. Mais je croyais que le testament dont il m'a été donné lecture stipulait que c'était en votre office que devait avoir lieu la remise définitive de l'héritage ?

L'homme de loi se mit à rire.

— C'est que, dit-il, il y a un — comment dites-vous, vous autres Français — un..... codicille, oui, un codicille que vous ignorez, et sur lequel vous ne comptez pas..... Non, ajouta-t-il en riant de plus belle, vous ne pouvez pas y compter, et, j'ose le dire, vous serez surpris.

Sur quoi il se leva, et reconduisit son visiteur en renouvelant ses protestations admiratives.

Cet entretien rendit Sans-Patience un peu soucieux.

— Que diable, bougonnait-il tout seul, que diable cet animal-là veut-il dire avec son codicille ? Est-ce que cette histoire de testament ne serait qu'une fumisterie posthume de feu mon oncle ?

Assez préoccupé, Sans-Patience déjeuna mal.

A 2 heures, exact comme le dieu des affaires lui-même, l'homme de loi vint le chercher en cab. Par l'avenue Girard, Nord-Broad-Street et le square de Penn, ils arrivèrent dans Market-Street, où ils s'arrêtèrent devant un relativement petit hôtel, propriété de l'oncle Régnier, et que Sans-Patience reconnut tout de suite.

La première impression de celui-ci fut que cet hôtel n'avait pas du tout l'air d'une habitation mortuaire inhabitée. Toutes les fenêtres étaient ouvertes, et une sorte d'intendant se précipita avec empressement au-devant des visiteurs, qu'il guida respectueusement jusqu'à l'ascenseur. Sur le palier du second étage, deux domestiques nègres semblaient attendre. L'un d'eux souleva une portière, et, sans un mot, s'effaça devant eux.

Précédé de l'homme de loi, Sans-Patience pénétra dans une pièce assez grande, qui ressemblait à un luxueux cabinet de travail, et au milieu de laquelle se trouvaient deux personnes, l'une assise, l'autre debout. Sans-Patience entra donc, fit deux pas, puis s'arrêta, la bouche ouverte, les yeux démesurément agrandis, pétrifié.....

Assise dans un fauteuil Louis XV et vêtue d'une robe mauve d'appartement qui faisait valoir sa simple et tendre beauté, Renée Dubois, un peu rouge, et visiblement émue, le regardait en souriant.....

Et debout, près d'elle, un homme de haute taille, le visage rouge et osseux, la barbiche et les cheveux grisonnants, semblait attendre. Cet homme, lui aussi, souriait en regardant Sans-Patience, qui, médusé, reconnut son oncle, son oncle qu'il croyait mort depuis plus de six mois, et pour l'héritage duquel il venait d'affronter les fatigues et les périls de la plus extraordinaire des aventures !

ÉPILOGUE

I

L'oncle Régnier était parti pour l'Amérique à vingt-cinq ans, avec une santé robuste, un caractère plein d'énergie et de résolution, et un viatique de 50 000 francs. Le rêve de Lucien Régnier était de devenir multi-millionnaire.

Jusque-là, il n'avait pas fait œuvre de ses dix doigts. Et à la mort de ses parents, s'il s'était décidé à s'expatrier, c'était précisément pour couper court à une existence de farniente et de plaisirs variés, mais dispendieux, et à la suite d'une aventure de jeu qui lui avait coûté 20 000 francs. Il se sentait sur la pente où roulent tant de jeunesses oisives, et au bas de laquelle on trouve la ruine, sinon pire.

Lucien Régnier eut donc cette sagesse de concevoir pour lui une existence nouvelle, et ce courage non moins méritoire d'exécuter sans balancer la résolution qu'il avait prise. Il réalisa donc ce qui lui restait sur sa part d'héritage, dit adieu à son frère et prit le paquebot.

Nous ne raconterons pas en détails ses avatars dans la libre Amérique.

Qu'il nous suffise de dire qu'il chercha longtemps sa

« veine » sans la trouver, perdit 30 000 francs dans une entreprise engagée sans expérience, le reste dans une seconde, et se retrouva un beau jour à San-Francisco sans un sou vaillant.

Il ne se découragea point, et s'en alla tâter de la prospection en Californie ; l'or ne « donnant » pas, il se fit cow-boy dans l'Illinois, puis se rendit dans le Texas, où il se mit, sans plus de chance, dans le pétrole.

Enfin, après plusieurs années de vaines entreprises, il eut l'idée qui devait faire sa fortune, s'installa à Chicago, où il fit le commerce des peaux et cuirs. Quinze ans plus tard, il « valait » six millions de dollars, et s'il avait eu de l'ambition, il aurait pu en « valoir » dix fois autant et devenir roi du cuir.

Mais Lucien Régnier était un sage. Il estima qu'une fortune de 30 millions de francs suffisait à ses besoins, et, comme il avait passé la cinquantaine, il arrêta ses grandes opérations et prit un repos relatif à Philadelphie, où il se retira.

A partir de ce moment, et c'était inévitable, il commença à s'ennuyer.

Jusqu'alors, en effet, sa vie avait été si mouvementée qu'il n'avait eu ni le loisir, ni même la pensée de se créer un foyer. A cinquante-quatre ans, il se vit riche, mais seul dans la vie, avec, pour toute compagnie, des domestiques plus ou moins fidèles, plutôt moins que plus. Et il était trop tard pour qu'il pût songer à établir ménage.

Ce fut alors qu'il se souvint du dernier descendant direct de sa famille, de ce neveu qu'il ne connaissait pas, mais dont il recevait régulièrement des nouvelles à l'occasion de chaque renouvellement d'année. Un jour, il lui écrivit en le priant de vouloir bien venir passer quelque temps à Philadelphie avec son vieil oncle, et joignit un chèque de 10 000 francs pour le voyage.

Sans-Patience vint, passa trois semaines avec l'oncle Régnier, mais, en dépit de l'affection réelle qu'il éprouvait pour le seul parent qu'il possédât, ne put rester davantage : il éprouvait la nostalgie de la France, de la Lorraine, de son vieux Verdun surtout.....

Ces trois courtes semaines suffirent à son oncle pour étudier, pour analyser avec un instinct très sûr ce caractère extraordinaire. Et l'oncle Régnier se rendit compte que, comme beaucoup de défauts, ceux de Sans-Patience pouvaient tourner à l'avantage de leur propriétaire s'ils étaient utilisés dans un certain sens. Ses emportements, en effet, ne devaient être que les manifestations d'une surabondance d'énergie, et sa misanthropie que le résultat d'une existence sauvage et solitaire, passée volontairement presque au dehors de tout commerce humain. Ces défauts à part, Sans-Patience était loyal, intelligent, courageux, bon et même généreux. Si l'on savait s'y prendre, on pouvait donc faire quelque chose de lui.....

Le fameux testament que nous connaissons ne mentait qu'à moitié : le rêve de l'oncle Régnier était, en effet, de revenir en France vivre avec le neveu qui restait son seul parent, de voir ce neveu marié, et d'achever ses jours au milieu d'une famille qu'il pourrait considérer comme sienne. C'est pourquoi il entreprit cette tâche inouïe de modifier le caractère de Sans-Patience.

Du reste, et à la rigueur, l'oncle Régnier aurait passé sur ce caractère coléreux qui, au fond, l'amusait, sachant que devant lui Sans-Patience se contiendrait toujours. Mais ce rude lutteur qui avait tant bataillé dans la vie pour amasser une fortune ne pouvait admettre qu'à trente-trois ans un homme robuste, courageux, intelligent, ne vécût que pour lui, en inutile, et n'employât pas ses facultés à travailler, ne fût-ce que pour s'occuper. Car pour l'oncle Régnier, le travail était l'imprescriptible loi de la vie, et, selon lui, le proverbe avait raison qui disait que l'oisiveté est la mère de tous les vices.....

On comprend dès lors pourquoi il imagina cette originale comédie du testament. A l'âge auquel il était parvenu, sa mort était vraisemblable, et Sans-Patience ne pouvait, ne devait même concevoir aucun doute à cet égard..... Quant aux conditions du testament, l'oncle Régnier connaissait si bien son neveu, qu'il était certain de son acceptation, motivée non seulement par le désir légitime de recueillir un héritage considérable, mais surtout par amour-propre et par combativité, et pour le plaisir de vaincre les difficultés de l'entreprise.....

Selon l'oncle Régnier, ce voyage, de quelque manière qu'il l'entreprît, devait avoir une influence considérable sur le caractère de son neveu, en le sortant du cercle étroit où il avait renfermé sa vie, en le mettant obligatoirement en contact avec d'autres individualités, en l'obligeant à contenir fréquemment son humeur emportée, enfin et surtout en lui faisant connaître la rude et saine beauté de l'action, et la joie féconde de la difficulté vaincue.

On a vu que, sous son aspect un peu fruste, l'oncle Régnier était un psychologue sagace, et qu'il ne s'était pas trompé dans ses prévisions.

. . . .

Lorsque l'oncle Régnier fut avisé de l'acceptation de principe de Sans-Patience, il envoya immédiatement en France le meilleur détective d'une agence de police privée de Philadelphie, lequel, en plus des rares qualités professionnelles, avait l'avantage de parler le français sans accent. Cet homme avait ordre de ne pas quitter Sans-Patience d'une semelle, de se tenir au courant de ses intentions, de surveiller la moindre de ses démarches, enfin d'être en mesure de renseigner son client de la façon la plus minutieuse et la plus exacte sur les faits et gestes du Verdunois. Cet homme devait câbler son rapport tous les jours. Muni de ces instructions précises, lesté d'une respectable provision de banknotes, l'agent partit.

Et Sans-Patience ne se douta jamais que, huit jours après son arrivée à Paris, un détective privé, envoyé par un oncle qu'il croyait mort et enterré, lui servait fidèlement d'ange gardien. Extrêmement adroit, possédant une habileté toute spéciale pour se grimer, le policier sut toujours passer inaperçu de celui qu'il « filait » avec tant d'intelligente constance. Et par lui, jour par jour, l'oncle Régnier fut mis au courant des moindres incidents de la vie nouvelle de son neveu, de ses relations suivies avec l'ingénieur Dubois, des projets des deux amis, de leurs travaux, puis de leurs essais à l'aérodrome d'Etampes.

Lorsqu'il apprit la façon hardie dont Sans-Patience avait conçu son voyage, l'oncle Régnier ne fut pas sans inquiétude. Il ne voulait pas la mort du pécheur, mais seulement sa conversion. Or, envisagée de cette façon, l'entreprise lui semblait téméraire, et même périlleuse. Pourtant, à force de réfléchir, il se rassura en pensant qu'après tout, il avait la ressource d'intervenir si c'était nécessaire.

Le policier, fidèle à sa consigne, câblait laconiquement son rapport tous les jours. Entre temps, il envoyait fréquemment à son client des lettres dans lesquelles il pouvait s'étendre sur des détails secondaires, mais qui, néanmoins, pouvaient avoir leur importance.

C'est ainsi qu'un jour l'oncle Régnier fut mis au courant de ce que nous savons déjà, et qui n'avait pas échappé davantage au sagace observateur américain, au sujet des excellentes dispositions du neveu à l'égard de la sœur du gentleman inventeur.

— Tiens ! tiens ! se dit à lui-même l'oncle Régnier.

Et il câbla immédiatement : « Donner renseignements complets sur jeune fille. Répondre par lettre. »

Dix jours plus tard, l'oncle Régnier recevait les renseignements demandés, non seulement sur la jeune fille, mais sur son frère. Ce fut ainsi qu'il fut mis au courant des avatars de l'existence de l'ingénieur, de son courage dans le malheur, de son dévouement pour sa sœur, et de la dignité de leur vie à tous deux.

L'oncle Régnier lut cette lettre avec beaucoup de satisfaction.

— *All right!* dit-il en la repliant. Gageons que mon coquin de neveu, en même temps qu'un ami, va trouver autre chose qui lui sera encore plus précieux pour son amendement. Reste à savoir si l'accord pourra se faire. Bah ! pourquoi pas ? Quand les aventures auront un peu maté son caractère, on pourra mieux juger de ses qualités.....

Vers la fin du mois de décembre, l'excellent homme reçut cette dépêche : « Départ probable courant janvier. »

Il manda aussitôt à son correspondant : « Continuez d'observer, mais ne câblez plus : j'arrive. »

Et l'oncle Régnier, à son tour, se disposa à partir pour la France.

II

Ne croyez pas qu'il prit prosaïquement le paquebot. L'oncle Régnier n'était pas un homme ordinaire. Ainsi qu'on l'a vu, il avait des idées à lui, et bien à lui.

L'oncle Régnier avait toujours aimé voyager sur l'eau. Seulement, il s'était souvenu longtemps de sa première traversée de l'Atlantique, qui durait alors douze jours, et pendant laquelle il n'avait pu voir les flots que par le hublot de sa cabine, dans laquelle le mal de mer l'avait impitoyablement consigné.

Depuis, les voyages qu'il avait dû faire sur l'eau ne lui avaient pas mieux réussi. Et même, lorsqu'il demeurait à Chicago, le Michigan produisait sur son organisme le même effet, pour peu que le vent agitât les flots de l'immense lac.

Quand, retiré des affaires, l'oncle Régnier songea à occuper ses loisirs, il voulut concilier son amour pour les voyages sur l'eau avec ses déplorables dispositions au mal de mer: et il se fit construire un sous-marin.

Oui! un sous-marin ; ou plutôt un submersible de 45 mètres de long, déplaçant tout près de 500 tonneaux, et qui, actionné par ses moteurs au benzol, pouvait filer ses 22 nœuds à la surface et ses 16 en plongée. Son équipage — y compris un valet de chambre et une cuisinière, l'oncle Régnier était un peu porté sur sa bouche, — était composé de douze personnes. Construit très solidement, suivant les plus nouvelles conceptions des ingénieurs français, il tenait fort bien la mer à la surface, et, en plongée, pouvait atteindre 60 mètres de profondeur sans qu'une de ses tôles fléchisse. La capacité de ses soutes pouvait lui permettre d'emporter une provision de carburant suffisante pour franchir plus de 7 000 kilomètres à la vitesse moyenne de 20 nœuds. L'oncle Régnier avait baptisé son bateau le *Lafayette*.

Quand donc l'idée lui venait de faire une croisière, il s'embarquait à Brooklyn sur le *Lafayette*, et se rendait à Newport — le Trouville des Etats-Unis, — à moins qu'il n'aille villégiaturer dans la Caroline du Sud, à Charleston, dont il affectionnait beaucoup la situation et le climat.

Si la mer était belle, on naviguait à la surface, avec la rapidité d'un croiseur. Si elle devenait dure, on s'immergeait, et, par 12 ou 15 mètres de profondeur, on narguait le tangage et le roulis, et, par suite, le mal de mer.

Il faut convenir qu'ainsi conçue, la solution du problème ne manquait pas d'élégance. Malheureusement, elle n'est pas à la portée de toutes les bourses, et nous ne la conseillerons pas à tout le monde ; car tout le monde n'a pas, comme l'oncle Régnier, 3 millions à dépenser à seule fin de pouvoir narguer le mal de mer.

Ce fut donc à bord du *Lafayette* que l'oncle Régnier se rendit en France. Le voyage fut contrarié par des grains fréquents, et l'on dut naviguer souvent en plongée, de sorte qu'on arriva à Brest le 10 janvier seulement.

Laissant son capitaine à la garde du navire, avec ordre de se ravitailler immédiatement et de se tenir prêt à partir au premier signal, l'oncle Régnier prit le rapide pour Paris, où son détective, prévenu, l'attendait à la gare.

Ce qui explique que, mis en éveil par des préparatifs qu'il avait vu faire la veille, l'oncle Régnier, levé de bonne heure le matin du 15 janvier, put assister en personne au départ de nos deux héros de l'aérodrome d'Etampes.

Ses dispositions étaient prises, et immédiatement, il se prépara à regagner Brest par le premier rapide.

Mais une idée lui était venue, laquelle n'était pas moins originale que tout ce qu'il avait conçu jusqu'alors, et qu'il voulut auparavant, et sans tarder, mettre à exécution.

Aussitôt qu'il eut perdu de vue l'aéroplane qui portait Sans-Patience et sa fortune, il se fit conduire à la gare d'Étampes. Ainsi qu'il l'avait espéré, Renée Dubois s'y trouvait, attendant le train qui devait la ramener à Paris. Elle était seule dans la salle d'attente des secondes, triste et le visage un peu fatigué par une nuit d'insomnie. L'oncle Régnier l'aborda.

— Mademoiselle, dit-il en se découvrant respectueusement, permettez à un inconnu de vous demander, pour tout de suite, la faveur d'un entretien.

Etonnée, la jeune fille regarda cet étranger déjà âgé, mais

droit encore et robuste, avec sa barbiche et ses cheveux grisonnants, son teint de brique et ses yeux gris, au regard vif mais loyal.

— Il est d'abord nécessaire, poursuivit-il, que je me présente moi-même : Lucien Régnier, Français d'origine, mais habitant pour l'instant Philadelphie.

Au nom de Régnier, la jeune fille avait fait un mouvement.

— Et l'oncle, ajouta son interlocuteur, et l'oncle de l'ami de votre frère.

— Mais, Monsieur..... commença Renée, tandis qu'une imperceptible rougeur montait à ses joues.

— Vous ne voyez pas où je veux en venir ? Laissez-moi vous expliquer, Mademoiselle : ce sera l'affaire de quelques instants.

Et brièvement, mais avec beaucoup de clarté, et au grand étonnement de la jeune fille, l'oncle Régnier la mit au courant de la comédie qu'il avait imaginée à l'égard de son neveu, ainsi que des motifs qui l'avaient fait agir ; de plus, il lui fit savoir qu'au fond un peu inquiet sur les suites de cette aventure dont il était la cause, il se proposait de parer autant que possible à ses aléas en convoyant pour ainsi dire l'aéroplane à travers l'Océan avec son navire.

— Je n'ignore pas, termina-t-il, que, s'il ne leur arrive rien, ils toucheront le continent américain bien avant nous, et que l'idée même de les suivre serait une folie. Mais ce qui peut leur arriver, c'est une panne qui les immobilise sur l'Océan, hors de la route des navires, et par conséquent dans l'impossibilité de recevoir un secours quelconque. En ce cas, je puis, moi, me mettre à leur recherche et les recueillir. Je devine la route qu'ils vont suivre. D'autre part, j'ai à bord le sans-fil, lequel me permettra de recueillir en route les radiotélégrammes des navires qui rencontreront l'aéroplane, et qui ne manqueront pas de signaler cette rencontre. De la sorte, je pourrai toujours connaître approximativement la route suivie par les aviateurs. Mon projet est donc praticable ; et je voulais vous demander, Mademoiselle, s'il vous plairait de m'accompagner.

— Vous accompagner, Monsieur ? balbutia la jeune fille stupéfaite.

— Oui. Vous aimez votre frère. Ne seriez-vous pas moins inquiète sur les suites de son aventure si, au lieu de l'attendre en vous morfondant seule à Paris, vous le suiviez de loin, prête, au besoin, à lui porter secours ? M. Dubois, je crois, n'a que votre affection sur cette terre ; d'autre part, son ami est mon seul parent. Pourquoi ne pas associer nos sollicitudes et nos inquiétudes ?

— Mais je ne sais si je dois.....

— Je comprends, Mademoiselle, que, faite ainsi à brûle-pourpoint, ma proposition est de nature à vous déconcerter. Mais il convient d'en excuser la liberté en faveur des circonstances. Car vous ne doutez pas, j'espère, de la loyauté de mes intentions ? Au surplus, je ne dois pas être tout à fait un étranger pour vous, puisque je suis l'oncle de l'ami de votre frère.....

— Oh ! la question n'est pas là, Monsieur. Il suffit que vous soyez le parent du bienfaiteur de mon frère pour que vous ayez droit à toute ma confiance. Mais songez combien votre proposition est inattendue pour une Parisienne qui n'a jamais été qu'en bateau-mouche, et encore !

— Acceptez, Mademoiselle. Je crois pouvoir me porter garant que vous n'aurez à vous repentir de rien.

Renée se laissa convaincre et spontanément, mais résolument, tendit la main au digne vieillard.

— Allons, vous me décidez, Monsieur, dit-elle. Aussi bien, mon devoir est de veiller sur mon frère du plus près que je puis ; si je n'acceptais pas votre proposition, et s'il lui arrivait quelque chose, je serais inconsolable. Je suis donc prête à vous suivre. Et merci de tout cœur pour votre pensée délicate et votre sympathique assistance.

Et trois heures plus tard, les préparatifs de la jeune fille ayant été accélérés à l'américaine, tous deux roulaient sur Brest où, prêt à prendre la mer, les attendait le *Lafayette*.

Nous ne raconterons pas le voyage du submersible..... Car on a déjà deviné que le mystérieux bienfaiteur des aviateurs en détresse n'était autre que l'oncle Régnier.

Comme il l'avait prévu, celui-ci avait recueilli pendant sa

traversée force télégrammes concernant le passage de l'aéroplane français au-dessus de l'Océan.

Le quatrième jour de cette traversée, il avait appris ainsi que, depuis la veille, on n'avait signalé nulle part les audacieux aviateurs. Comme le dernier navire qui l'avait vu avait signalé sa présence dans les environs des 46° de latitude et de longitude, l'oncle Régnier fit forcer la vitesse en se dirigeant vers cette direction. Du reste, en dépit de l'état de la mer, on avait toujours navigué à la surface, et le parent de Sans-Patience s'était résigné à subir les inconvénients du mal de mer pour pouvoir gagner de la vitesse, c'est-à-dire du temps.

Vers le milieu du sixième jour, après des recherches relativement courtes, on eut la chance d'arriver en vue de l'aéroplane en détresse.

Immédiatement l'on plongea, et l'on s'aida du périscope pour pouvoir approcher des naufragés de l'air sans être aperçu. On put alors constater la nature de l'avarie qui immobilisait l'appareil, et l'on se mit à la recherche de l'hélice qu'on finit par retrouver surnageant sur les flots à plus d'un mille de là.

La nuit venue, on émergea à proximité de l'aéroplane, afin d'opérer discrètement la restitution de l'hélice à la faveur de l'obscurité et du sommeil des deux amis.

Mais on sait que ceux-ci ne dormaient pas encore. Par le dôme entr'ouvert, l'oncle Régnier, très amusé, et Renée Dubois, visiblement troublée, entendirent une partie de la conversation des deux aviateurs : c'était l'heure où, on s'en souvient, dans un moment d'expansion insolite, Sans-Patience faisait part à l'ingénieur de ses sentiments intimes au sujet de sa sœur.

Malheureusement, ayant été aperçu par Sans-Patience, on dut plonger brusquement sans entendre le reste, car il entrait dans le plan malicieux de l'oncle Régnier de ne pas être reconnu. Et plus tard dans la nuit, ce fut le « berthou » du bord, monté par deux hommes, qui alla déposer sur l'aéroplane en détresse l'hélice et les vivres.

Le lendemain matin, après avoir assisté à 100 mètres de là, grâce au périscope, au réveil des deux amis, à leur stupéfaction, puis à leur départ, on reprit la route du Sud-Ouest.

Mais le *Lafayette* n'arriva à Brooklyn que le lendemain matin. Ce fut là que l'oncle Régnier et la jeune fille connurent le récit tragique des événements de la veille.

Mortellement inquiets, tous deux gagnèrent immédiatement New-York. Là, l'oncle Régnier se renseigna, se fit connaître, lui et sa compagne, comme les parents des deux aviateurs français, et fut conduit avec beaucoup d'empressement à l'Atlantic-Hôtel, où, comme on le sait, se trouvaient les deux amis.

On retrouva les blessés l'un encore sans connaissance, l'autre déjà dans le délire, mais les médecins étaient d'accord pour déclarer formellement que ni l'un ni l'autre n'étaient en danger.

— Quand je vous le disais, dit alors à Renée l'oncle Régnier rassuré, quand je vous le disais que votre frère pouvait avoir besoin de vous !

De fait, la présence d'une garde-malade telle que la jeune fille auprès des deux blessés ne pouvait qu'avoir une influence favorable sur l'état de ceux-ci. L'oncle Régnier, d'ailleurs, la seconda de son mieux.

Aussitôt que son état le lui permit, on mit l'ingénieur au courant de ce qui s'était passé. On lui fit promettre de garder le secret jusqu'à nouvel ordre ; puis, lorsque le Verdunois eût cessé de battre la campagne, l'oncle Régnier et Renée Dubois s'éclipsèrent pour aller préparer à Philadelphie la surprise que l'on sait.....

III

On devine comment se termina l'aventure.

D'abord, pour que le fameux testament ne fût pas tout à fait une fumisterie, disait-il, et en dépit des protestations sincères de Sans-Patience, l'oncle Régnier fit don à celui-ci de la coquette somme de 2 millions de dollars en attendant le reste.

Devant la volonté formelle de son oncle, Sans-Patience se résigna, mais cette fortune le laissa absolument indifférent, dans le grand bonheur qui lui arrivait.

Entre Renée Dubois et lui, en effet, une explication s'imposait après ce qui s'était passé, surtout lorsque Sans-Patience eut appris que Renée avait assisté, invisible et présente, aux confidences faites à son frère ; on devine que cette explication se résolut en un consentement sincère et admirateur de la part de la jeune fille, quand Sans-Patience posa nettement la question d'union définitive entre eux : avec sa simple et tendre loyauté, Renée avait accepté joyeusement sans aucune espèce d'hésitation.

Et, d'abord, elle s'était sentie, sans le dire, attirée vers ce personnage original, qui dissimulait tant de réelles et solides qualités sous la plus rébarbative des enveloppes, et auquel son frère et elle devaient tout.

D'autre part, le Sans-Patience d'antan était bien changé. Plus que les soucis, les fatigues et les périls mêmes de la plus extraordinaire des aventures, l'amour, qui peut avoir sur les destinées la meilleure ou la pire des influences, l'amour avait maté ce caractère redoutable et jusqu'alors peu fait pour attirer la tendresse..... Et Renée sentait qu'elle pouvait sans crainte confier le soin de son bonheur à cet énergique et à ce généreux, si tempêtueux jadis, et qui maintenant, en la regardant, tremblait et rougissait comme un enfant.....

Lorsque, huit jours plus tard, presque complètement rétabli, l'ingénieur vint rejoindre son ami et sa sœur à Philadelphie, tout était arrangé. Il n'en fut d'ailleurs pas étonné puisqu'il avait fallu sa bienveillante complicité pour organiser, du moins en partie, le petit complot en question, et il s'empressa de présenter à son futur beau-frère et à sa sœur ses plus chaleureuses et sincères félicitations.....

L'oncle Régnier mena cette affaire tambour battant, à l'américaine, et deux mois plus tard, l'ingénieur pouvait saluer avec bonheur « Mme Jules Régnier ».

Le mariage fut célébré à Philadelphie au milieu d'une affluence extraordinaire. La Maison-Blanche et les principaux départements du gouvernement de l'Union s'étaient fait représenter à la cérémonie religieuse, à laquelle assistaient également les gouverneurs des Etats voisins, deux amiraux, trois généraux et autant de milliardaires. L'aviation américaine avait également envoyé quatre de ses plus audacieux pilotes offrir ses meilleurs vœux de bonheur au glorieux camarade français. Bref, le brave « doctor » Buller, qui avait été spécialement invité, trouva cette cérémonie presque aussi « splendid » que la catastrophe qui avait fait son admiration.

Le lendemain du mariage, l'ingénieur s'éclipsa discrètement sans rien dire à personne, et resta trois jours absent. Lorsqu'il revint, il répondit à Sans-Patience qui l'interrogeait sur l'emploi de son temps :

— Je viens de préparer mon départ.

— Ton départ ? interrogea Sans-Patience, car depuis qu'ils étaient devenus beaux-frères, les deux amis se tutoyaient.

— Certainement. Je ne pense pas que nous allons passer le reste de nos jours à Philadelphie ?

— Ne médis pas de Philadelphie, dit Sans-Patience en regardant tendrement sa jeune femme. Pour ma part, je trouve que c'est la ville la plus délicieuse du monde, puisque c'est là que j'ai connu le plus grand bonheur de ma vie.

— Je n'en doute pas. Mais moi je soupire après Paris. Et du moment que ma présence ici n'est plus nécessaire, je demanderai à notre excellent hôte la permission de vous devancer et d'aller vous attendre en France.

— Pourquoi ne pas différer votre départ de quelques jours ? interrogea l'oncle Régnier. Le *Lafayette* nous rapatrierait tous ensemble : ce serait un voyage délicieux.

— C'est que, dit l'ingénieur, je ne compte pas voyager sur l'eau, moi. Je viens de remettre notre aéroplane en état : c'est avec lui que je veux rentrer en France.

Trois exclamations de stupeur accueillirent cette déclaration.

— Laissez-moi vous expliquer, continua l'ingénieur sans s'émouvoir.

Et tirant un journal de sa poche :

— La loyale Allemagne ne se contente pas de nous envoyer dans les..... ailes des forbans comme le fameux Neumann : elle conteste tout simplement l'authenticité et la sincérité de notre randonnée. Ecoutez plutôt la traduction qu'a donnée le *New-York Herald* d'un article de la *Gazette de Woss* :

Et il lut les lignes suivantes :

Les États-Unis continuent à être en ébullition à propos du prétendu raid aérien des deux Français dont nous avons déjà parlé en faisant les réserves qui s'imposaient. En effet, une souscription nationale vient d'être ouverte dans l'Union, ayant pour but de construire à Jersey-City, à l'endroit où ces prétendus héros ont fait la culbute, un monument gigantesque destiné à perpétuer dans les temps le souvenir d'un exploit qui n'a jamais existé.

Car il est prouvé à présent que les deux Français dont il s'agit n'ont guère franchi, par leurs propres moyens, qu'un peu plus de la moitié de l'Atlantique. Si l'on est resté près de cinq jours sans avoir de leurs nouvelles, c'est que, pendant ces cinq jours, ils avaient été recueillis et transportés par un navire envoyé par eux d'avance et tout exprès en un point donné de l'Océan, et qui les a déposés ensuite à une cinquantaine de kilomètres de la côte américaine.

En somme, ce fameux raid ne constitue donc que le plus audacieux des bluff ; mais naturellement ni nos voisins les Français, ni les emballés citoyens de l'Union ne voudront en convenir.

— Et voilà ! conclut l'ingénieur en repliant le journal. Vous comprendrez donc tous qu'en présence d'une affirmation aussi déloyale, et qui est suffisamment absurde pour pouvoir être prise en considération par certains imbéciles, mon devoir est tout tracé. Un philosophe grec ne trouva rien de mieux que de marcher devant un confrère qui niait le mouvement. Pour prouver au monde que notre raid fut authentique et loyal, le meilleur moyen est évidemment de recommencer la traversée en sens inverse.

— Tu as raison, déclara sans hésitation Sans-Patience. Et Renée voudra bien comprendre que mon devoir est de t'accompagner.

— Ça non ! répondit nettement l'ingénieur. Ta personne aujourd'hui ne t'appartient plus et tu n'as plus le droit d'en disposer à ton gré. Je partirai seul.

— Mais c'est impossible ! Jamais tu ne pourras supporter un effort aussi soutenu que celui qui te serait imposé par la conduite d'un aéroplane pendant quarante ou quarante-huit heures.

— Je le peux parfaitement, au contraire, en m'arrangeant de manière à ne passer qu'une nuit dans l'atmosphère, ce qui est possible à condition de partir d'ici de très bonne heure, et même avant l'aube.

— Mais.....

— Attendez ! intervint à ce moment l'oncle Régnier. Je vais vous mettre d'accord. Vous avez raison tous deux. Il est entendu que toi, mon neveu, tu ne peux songer à délaisser déjà ta charmante compagne pour tenter à nouveau cette entreprise ; il est non moins certain que M. Dubois ne peut effectuer seul ce voyage. En conséquence, c'est moi qui l'accompagnerai.

— Vous ?

— Pourquoi pas ? M. Dubois voudra bien me donner une ou deux leçons avant son départ. Et puisque, paraît-il, la conduite de votre aéroplane est très simplifiée, ce sera suffisant pour qu'en cas d'urgence, je puisse le remplacer une demi-heure ou une heure au volant. De la sorte, M. Dubois aura le réconfort de la présence d'un compagnon, prêt à l'aider si c'est nécessaire, et supportera bien mieux que s'il était seul les fatigues d'un pareil voyage..... Pendant ce temps, mes chers neveu et nièce prendront passage à bord du *Lafayette* et nous suivront, prêts à nous secourir ou à nous recueillir en cas de besoin.

— Ce qui sera d'autant plus facile, dit l'ingénieur entrant tout de suite dans les vues de l'oncle Régnier, que, cette fois, et pour éviter toute erreur de direction, je suis décidé à suivre une ligne droite allant nettement de l'Ouest à l'Est. Le *Lafayette* n'aura donc qu'à suivre, en nous convoyant, le 40e degré de latitude Nord ; car je compte toucher terre en Portugal, dans les environs de Figueira ou de Coïmbre; j'aurai de ce fait quelques centaines de kilomètres de moins à faire au-dessus de l'Océan ; même, si M. Régnier le veut bien, nous profiterons de cette circonstance pour tenter un autre record.....

— Un record ? interrogea l'oncle Régnier. *All right !* Ça me va. Et quel record ?

— Il consisterait à nous rendre directement de Portugal à Etampes en traversant les Pyrénées.

— Diable ! fit Sans-Patience ; mais dis donc, c'est que c'est haut, par là.....

— Oui, assez haut, répondit tranquillement l'ingénieur. L'altitude de certains pics varie de 2 500 à 3 400 mètres. Dans tous les cas, et même en choisissant mon point de franchissement, je compte être obligé de m'élever à au moins 3000 mètres, ce qui constitue une hauteur respectable.

— Splendide ! s'écria l'oncle Régnier, enthousiasmé. J'en suis, Monsieur l'ingénieur, comptez sur moi..... Et puis, c'est la seule manière de prouver une fois pour toutes à la vertueuse Allemagne que non seulement la science française s'élève par ses conceptions à cent coudées au-dessus de la sienne, mais encore que l'industrie française usine des produits bien supérieurs à ses contrefaçons de pacotille.....

Ainsi fut fait.

Cette fois, l'ingénieur annonça d'avance son projet, et exigea qu'on contrôlât officiellement son départ.

Le 16 mai, à 4 heures du matin, après avoir effectué les jours précédents quelques vols d'essai, il s'élevait de Jersey-City en présence d'une foule énorme, traversait l'Hudson, le détroit, puis Long-Island, et piquait droit vers l'Est.

Instruit par l'expérience, il avait emporté une hélice de rechange, un petit canot de toile repliable, un sextant et les instruments nécessaires pour faire le point.

Il estimait à environ 5 000 kilomètres le nouveau trajet à parcourir, et espérait ne pas mettre plus de trente-six à quarante heures pour l'effectuer.

De fait, malgré un grain violent qui assaillit les aviateurs au milieu de leur traversée, partis de Jersey-City le 16, à 4 heures du matin (heure de New-York), ils atterrissaient près de Figueira (Portugal), le 17, à 8 h. 35 du soir (heure de Madrid). Leur vitesse moyenne avait donc été de 140 kilomètres à l'heure.

Les autorités de Figueira et de Coïmbre, environnées de plus de 10 000 personnes, constatèrent officiellement, sur la prière de ceux -ci, l'identité des aviateurs, ainsi que leur heure d'arrivée et l'état de leur appareil.

Cette fois, on ne pouvait plus dire que la traversée aérienne de l'Atlantique était un bluff. On avait contrôlé, la veille, le départ des aviateurs de New-York ; le lendemain, on contrôlait leur arrivée en Portugal : seul, évidemment, l'aéroplane était le mode de locomotion permettant une telle rapidité. La presse allemande, réduite *a quia*, n'essaya plus de contester la sincérité du fabuleux voyage ; seulement, elle fit sur sa réédition le silence le plus complet.

Et le *Lafayette* était encore à plus de 1 000 kilomètres des côtes européennes qu'un autre radiotélégramme faisait savoir à Sans-Patience et à sa jeune femme, tous deux très inquiets, que, dans la journée du 19, l'aéroplane monté par l'ingénieur et l'oncle Régnier s'était rendu directement de Figueira à Etampes sans escale, après avoir heureusement franchi les Pyrénées dans les environs du Pic du Midi, à une altitude de 3 100 mètres.

Inutile de rappeler l'accueil délirant qui, à Etampes, fut fait à l'ingénieur et à son compagnon : ce fut, on le comprend, un triomphe.....

. . . .

La vente de ses brevets et les travaux qu'il entreprit par la suite rendirent l'ingénieur aussi riche que l'oncle Régnier.

Celui-ci habite maintenant avec son neveu et sa nièce.

La jeune Mme Régnier a tenu à venir demeurer à Verdun, dans la maison familiale de la rue Neuve, où son mari a vu le jour, et l'oncle Régnier y possède, lui aussi, son appartement.

De temps à autre on va à Paris passer quelques jours avec l'ingénieur, à moins que celui-ci ne se dérange lui-même pour venir se reposer un peu à Verdun, ce qui arrive assez souvent.

Et tout le monde serait heureux si l'ingénieur n'avait pris goût aux inventions, l'oncle Régnier à l'aviation, et Sans-Patience aux aventures. Il en résulte que, dès qu'ils se retrouvent ensemble, tous trois échafaudent d'extraordinaires projets dont le moins audacieux a pour résultat de donner le frisson de la petite mort à Renée, qui, elle, ne rêve que de passer tranquillement et simplement sa vie entre son mari et ses enfants.

Jusqu'ici, grâce à l'influence qu'elle possède sur les trois hommes, elle a pu faire que les aventures qu'ils rêvent en commun restent à titre de projets. Mais, malgré tout, elle n'est pas certaine de pouvoir répondre de l'avenir à ce sujet, et il pourrait fort bien se faire que, par la suite, nous soyons encore amené à raconter les nouvelles aventures de Sans-Patience.

813-13. — Imp. P. FERON-VRAU, 3 et 5, rue Bayard, Paris-VIII

Imp. Paul Feron-Vrau
3 et 5, rue Bayard
PARIS

www.ingramcontent.com/pod-product-compliance
Ingram Content Group UK Ltd.
Pitfield, Milton Keynes, MK11 3LW, UK
UKHW022032170726
13837UKWH00002B/547

9 782019 931667